Stefanie Taschinski

Die POPkörner

Eine Bühne für Billie

Weitere Bücher von Stefanie Taschinski im Arena Verlag:
Die POPkörner. Ein Stern für Lou (Band 1)
Die POPkörner. Ein Feuerwerk für Motte (Band 2)

Die kleine Dame
Die kleine Dame und der rote Prinz
Die kleine Dame auf Salafari
Die kleine Dame feiert Weihnachten

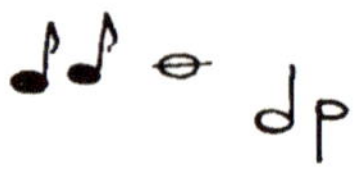

Stefanie Taschinski,
geboren 1969, studierte Geschichte, Soziologie und Drehbuch. Sie lebt mit ihrem Mann und ihren zwei Töchtern in Hamburg. Ihre ersten Kinderbücher, die Abenteuer rund um »Die kleine Dame«, wurden von den Lesern und in der Presse mit großer Begeisterung aufgenommen und werden in Kürze fürs Kino verfilmt.

Stefanie Taschinski

Die POPkörner

Eine Bühne für Billie

Arena

Für Elisabeth, Katharina und Paula

»Wir bleiben wach, bis die Wolken wieder lila sind.«
(Marteria)

FSC
www.fsc.org
MIX
Papier aus verantwortungsvollen Quellen
FSC® C110508

1. Auflage als Sonderausgabe 2016

Vignetten: Silke Schmidt
Einbandgestaltung: Nina Dulleck
Gesamtherstellung: Westermann Druck Zwickau GmbH
ISSN 0518-4002
ISBN 978-3-401-50931-0

www.popkoerner.de

Besuche uns unter:
www.arena-verlag.de
www.twitter.com/arenaverlag
www.facebook.com/arenaverlagfans

1. Song

Das Universum liegt daneben

Als Billie die Haustür hinter sich zuzog, schien ihr die Sonne ins Gesicht. Für Anfang Oktober war es ein ungewöhnlich warmer Nachmittag. Im Vorgarten des Pfarrhauses leuchteten die weißen und lilafarbenen Strahlenastern und zwischen den Latten des Zauns spannen die Spinnen ihre Netze, als wollte dieser Sommer niemals enden. Doch für all dies hatte Billie nicht einen Blick. Sie zitterte vor Wut. Es war ein Zittern, das ihren ganzen Körper – von den Füßen bis zu ihren wilden roten Locken – erfasste. Spätsommer! Kurzärmlige T-Shirts! Eis in der Waffel!, dachte Billie, während sie ihr Rad schnappte und die Gartenpforte aufriss. Wer brauchte das schon? Wo blieben die wilden Herbststürme und der erste Frost? Wie konnte ihr der Himmel nur so blau ins Gesicht lachen, wenn das Universum ihr solch einen Streich spielte?

»AUSTRALIEN!«, presste sie zwischen den zusammengebissenen Zähnen hervor, als sie zehn Minuten später vor der Jacobivilla scharf abbremste. »Ausgerechnet Australien!« Wer hatte denn hier eine Band? Wer probte mindestens zweimal pro Woche? Wer hatte sich die Finger wund geschrubbt, um aus dieser ollen, verrotteten Schrottgarage der Blums einen Probenraum für die Stars von morgen zu machen? SIE und die Popkörner! Und nicht ihre Schwester! Wer schrieb eigene Songs? Wer dachte sich abgefahrene Star-Porträts aus? Wer stand kurz vor dem Durchbruch? Billie pfefferte ihr Rad gegen die Hauswand. Wie konnte das Universum nur so blind sein? Wieso wurden nicht die Popkörner nach Australien eingeladen, sondern ausgerechnet Hannis lahme Chorschnecken?

Eine fröhliche Stimme riss Billie aus ihren Gedanken.

»Sie kommt!«, rief Lou, die ihr über die Auffahrt neben der Villa entgegenkam. »Die Bandprobe kann beginnen. Ich muss euch allerdings eine Sache gestehen ...« Plötzlich fielen Lou Billies zusammengepresste Lippen und die roten Flecken auf ihren Wangen auf. »Alles in Ordnung?«

»Du meinst, abgesehen davon, dass ich mich wie ein platt gefahrener Regenwurm fühle?« fragte Billie mit einem schiefen Grinsen.

Lou legte ihr den Arm um die Schulter. »Was ist denn los?«

Billie wollte ihrem Frust gerade Luft machen, als sie es sich überlegte. »Erzähl ich später.« Sie wollte den anderen nicht die Bandprobe vermiesen. Und außerdem fühlte Billie, dass es gegen das Feuer, das in ihrem Bauch tobte, nur eine Medizin gab: eine richtig fetzige Popkörner-Probe!

Eine knappe Viertelstunde später waren alle vier Popkörner im Probenraum versammelt und spielten sich ein. Billie musterte die anderen aus dem Augenwinkel: Rosa saß mal wieder mit total abwesendem Gesichtsausdruck hinterm Schlagzeug. Nein, dachte Billie, man brauchte wirklich keine hellseherischen Kräfte, um zu wissen, von wem Rosa gerade träumte. Natürlich von ihrem Sweetie-David. Die zwei waren jetzt *sage-und-schreibe* vier Monate zusammen!

Billie blickte zu Motte rüber, die auf dem Boden neben ihrem Keyboard hockte. Was wühlte die so verzweifelt in ihrer Tasche? Wahrscheinlich suchte Motte mal wieder den Choreografieplan, den Billie für die Popkörner ausgearbeitet hatte. Seit der Trennung ihrer Eltern im Sommer war Motte ziemlich neben der Spur und vergaß andauernd irgendwas. Billies Blick wanderte weiter zu Lou. Das Hippiemädchen kritzelte mal wieder in ihrem Traumtagebuch rum. Nach der neuen Choreografie sah es jedenfalls auch nicht aus.

Na ja. Billie holte tief Luft, nahm ihren Mikroständer und stellte ihn an die Wand. »Popkörner, heute wollen wir zum ersten Mal unsere neue Tanz-Choreografie üben!«

Kein Popkorn rührte sich vom Fleck. Rosa wickelte verträumt eine ihrer rausgewachsenen blau-blonden Haarsträhnen um den Finger. Motte kippelte mit ihrem Hocker und Lou starrte auf das fliegende Klavier, das Rosa vor ein paar Monaten an die Wand des Probenraums gepinselt hatte, als hätte sie es noch nie gesehen.

»Motte!«, sagte Billie ungeduldig und stemmte eine Hand in die Seite. »Für die erste Schrittkombi stehst du rechts neben mir.«

Motte machte ihre Tasche zu und kam hoch.

Nun sah Billie auffordernd zu Rosa und Lou. »Und ihr zwei seid auf meiner linken Seite.«

Zögernd kamen die drei auf ihre Plätze.

Billie strich sich eine Locke aus der Stirn. »Soll ich euch die Grundposition noch mal zeigen?« Ohne die Antwort der anderen abzuwarten, hob sie den linken Arm leicht angewinkelt, neigte ihr Gesicht nach unten und schob die rechte Hüfte vor. »Rosa, du musst den linken Arm nehmen, nicht den rechten!«, korrigierte sie Rosas Haltung.

»Ich bin doch sowieso am Schlagzeug«, stöhnte Rosa.

»Wer sagt das? Ich finde, es kommt viel besser, wenn wir alle vier tanzen«, widersprach Billie.

»Und wer spielt dann?«

»Das haben wir doch alles *längst* besprochen«, sagte Billie. »Für unsere Tanznummer kommt die Musik vom Band.« Sie drückte die Playtaste des CD-Spielers und die ersten Takte von *Vergiss nicht* klangen durch den Raum.

Lou flüsterte Motte zu: »Hast du die Schritte geübt?«

Motte schüttelte den Kopf. »Ich hab Billies Zettel letztes Wochenende bei meiner Mutter vergessen.«

Billie war ein paar Meter vorgetreten, damit die anderen sie besser sehen konnten. *Ich weiß, worüber du nicht reden magst. Und ich weiß, worüber du lachst. Ich weiß, dass du manchmal an dir verzagst und einsam, einsam über Geheimnisse wachst.* Dieser Song übte so einen Sog auf Billie aus, dass sie erst nach der zweiten Strophe merkte, dass die anderen gar nicht mehr mittanzten!

»Hey, was ist? Habt ihr etwa nicht geübt?« Billie tanzte zwei Schritte nach vorn und streckte ihren Arm in die Mitte. »Alle Hände in die Mitte und dann ...«

Da läutete hinten am Schlagzeug Rosas Handy und spielte *99 Luftballons* von Nena. *Hast du etwas Zeit für mich? Dann singe ich ein Lied für dich.*

Mit zwei Schritten war Rosa am Schlagzeug und griff nach ihrem Handy.

»Hallo! Du willst doch jetzt nicht rangehen?«, maulte Motte.

»Ausschalten!«, rief Billie.

Aber da hatte Rosa ihr Sternchenhandy bereits am Ohr. »Hallo, David«, flötete sie. »Nein! Nein du störst überhaupt nicht!«

Billie verschränkte die Arme vor der Brust. »Hallo, natürlich stört der!«

Doch Rosa schwebte an ihr vorbei und ließ sich auf das knautschige gelbe Ledersofa fallen. »Na klar, möchte ich morgen mit dir ins Kino gehen!« Sie warf Lou, Motte und Billie einen überglücklichen Blick zu. Billie schnappte nach Luft. »Das geht so nicht! Sie kann nicht während unser Probe telefonieren!« Sie wandte sich zu Lou und Motte. »Ich beantrage absolutes Handyverbot! Oder wie seht ihr das?«

Um Mottes Mund zuckte es. »Sonst bist du es doch immer, die am Handy rumhängt.«

»Nicht während der Probe!«

Auf dem Sofa klimperte Rosa aufgeregt mit den Augenlidern.

Lou zog Motte und Billie in Richtung Tür. »Lassen wir sie fünf Minuten in Ruhe. Draußen ist es heute sowieso viel schöner.«

Motte und Lou ließen sich auf die Treppe sinken, die außen am Kutscherhaus zu der Wohnung der Blums hochführte. Billie tigerte vor ihnen auf und ab. »Echt!«, grummelte sie. »Ich dachte, wir üben die Choreografie ein und dann können wir endlich unser eigenes Video ins Netz stellen!«

Motte holte den grünen Stein aus ihrer Hosentasche, den Grandmère ihr geschenkt hatte. »Du bist doch bloß eifersüchtig, weil Rosa einen Freund hat und du nicht.«

Billie blieb stehen. »Als wenn ich auf diesen Schlongi eifersüchtig wäre!« Sie schüttelte den Kopf. »Was mich nervt, ist, dass außer mir offenbar niemand hier unsere Band richtig ernst nimmt.«

»Jetzt übertreibst du aber«, widersprach Motte.

»Die Popkörner sind uns supersupersuperwichtig«, beteuerte Lou. »Was meinst du, weshalb ich einen Bleistift nach dem anderen abkaue, nur um endlich ein neues Lied für uns zu schreiben.«

Billie zuckte die Schultern. »Und warum hat dann keine von euch meine Choreografie geübt? Glaubt ihr echt, es reicht, wie Tiefkühlzombies auf der Bühne zu stehen und ein bisschen rumzufiepsen? Die Leute wollen eine Show!«

Motte drehte den Stein in ihrer Hand. »Nur falls du es

vergessen hast, Billie. *Wir* drei spielen alle ein Instrument. Wie soll Rosa denn bitte mit ihrem Schlagzeug über die Bühne rocken oder ich mit meinem Keyboard?«

Billies Augen wurden schmal. Klar schoss Motte wieder ihre Giftpfeile ab, dachte sie und stellte einen Fuß auf die unterste Stufe der Treppe. »Denkt doch mal an Selena Gomez, Katy Perry oder Pink. Die haben alle mehr drauf, als nur den richtigen Beat zu treffen oder ein bisschen rumzuklimpern.«

Motte stand auf. »Schade nur, dass deine Lieblingsstars alle keine Band sind, sondern Solistinnen!«

Billie stöhnte auf. »Darum geht es doch nicht!!! Ich ...«

In diesem Moment kam eine strahlende Rosa aus dem Probenraum. »Bin fertig.«

»Na, herzlichen Glühstrumpf!«, schnippte Billie. »Wir haben übrigens abgestimmt, dass Handys während der Probe verboten sind!«

»Oh, tut mir leid. Ich stell's lautlos.« Rosa fummelte ihr Handy aus der Tasche. »War nur wegen der Kinokarten.«

»Danke, will ich gar nicht wissen!«, trällerte Billie.

Motte stand von der Treppe auf. »Können wir jetzt weiterproben?«

2. Song

Ein guter letzter Platz

Doch gerade als sie die Tür zum Probenraum zumachen wollten, hörten die Mädchen ein herzzerreißendes Schluchzen. »Meihein lieber Aste...!« Der Rest des Wortes ging in einem erneuten Schluchzer unter.

Motte drehte sich um und rannte wieder aus der Garage. »Was ist da los?«, rief sie.

Im nächsten Moment kamen Till und Ole, Mottes jüngere Zwillingsbrüder, mit Anton, Lous kleinem Bruder, aus dem Garten hinter dem Kutscherhaus.

Till und Anton hatten Ole in ihre Mitte genommen. Ole, der nur noch sein Unterhemd trug, presste weinend ein kleines Bündel vor seine Brust.

Motte beugte sich zu ihrem Bruder. »Hey Zwerg, hast du dir wehgetan?«

Ole schüttelte schluchzend den Kopf und hielt das T-Shirt-Bündel hoch.

»Es ist Asterix«, erklärte Till anstelle seines Bruders.

Anton sah zu Lou. »Er ist tot, Lusi. Ganz tot.«

Sachte schob Motte das T-Shirt ein Stückchen auseinander. Ein kleiner brauner Meerschweinchenkopf kam zum Vorschein. Die Augen waren starr und Billie sah, dass das Maul offen stand.

»Er, er lag in seinem Häuschen«, stieß Ole hervor. »Gestern ging es ihm noch gut!«

Billie seufzte innerlich. Diese Probe konnte sie vergessen. Motte und Lou wollten sich jetzt sicher um ihre Brüder und das tote Meerschweinchen kümmern. Dieser Tag war einfach ein Totalausfall!

Lou hatte ihren Arm um Anton gelegt. »Wir gehen hoch zu Pa und fragen ihn, ob ... ob er uns helfen kann, ein Grab für Asterix auszuheben.«

Billie sah zu Rosa und Motte. »Dann machen wir mit der Probe nächste Woche weiter?«

Motte schien etwas zu überlegen. »Wie findest du es«, sagte sie leise zu ihrem Bruder, »wenn wir für Asterix noch ein Abschiedslied singen?«

Ole schniefte. »Was für ein Lied?«

Motte legte ihm tröstend den Arm um die Schulter. »Ein richtig schönes Meerschweinchenlied.« Sie sah zu Rosa und Billie. »Ihr macht doch mit?«

Billie runzelte die Stirn. »Du meinst, bei einer *Meerschweinchenbeerdigung?*«

Herr Blum, Lous Vater, hatte das Grab unter dem Jasminstrauch ausgehoben, der im hinteren Teil des riesigen Gartens stand.

Till und Anton hockten neben Ole, der vorsichtig den Schuhkarton in das Loch stellte.

»Ich, ich hab noch was für ihn«, schniefte Ole und zog mit seinen erdverschmierten Fingern ein gelbes Auto aus seiner Hosentasche. »Das ist mein schnellstes.« Er legte es neben den Karton in das Loch.

Nun beugte sich Till vor. »Ich geb ihm noch ein bisschen Heu, falls er auf seiner Reise Hunger bekommt.«

»Und Löbenzahn«, nuschelte Anton, legte eine Handvoll Blätter dazu und presste dann wieder ganz schnell Kirk, seinen Strickkäfer, an die Brust.

Billie musste schlucken. Sie stand zwischen Rosa und Lou. Eigentlich hatte sie gar nicht bleiben wollen. Es war schließlich nicht ihr Haustier, das beerdigt wurde. Aber dann hatte Lou sie gebeten, ihr bei dem Song zu helfen, den sie für Asterix singen wollten. Und während Motte und Rosa mit den Jungs aus dem Schuhkarton einen Sarg bastelten, hatte sie gemeinsam mit Lou das Abschiedslied geschrieben.

»Bist du so weit?«, fragte Motte ihren Bruder.

Ole wischte sich den Schnodder von der Nase. »Hm.«

Lou nahm ihre Gitarre hoch und Motte, Rosa und Billie stellten sich in einem Halbkreis um das Grab.

»Eins, zwei, drei«, zählte Motte leise ein. Dann begannen sie zu singen:

Bye-bye, mein kleiner Meerieboy,
dein Leben zwischen Gurke und Heu
war lustig, bunt und frei.
Heute sag ich dir bye-bye.
Heute sag ich dir bye-bye.
Bye-bye, mein kleiner Meerieboy,
Dein fröhliches Pfeifen, dein Schweinchenahoi,

war lustig, bunt und frei.
Heute sag ich dir bye-bye.
Heute sag ich dir bye-bye.
Denn auf deine Asterixweise
gehst du heut auf die große Reise.
Ich wink dir nach und sage leise:
Bye-bye, mein kleiner Meerieboy,
dein Leben zwischen Gurke und Heu
war lustig, bunt und frei.
Heute sag ich dir bye-bye.
Bye-bye ...

3. Song

Ein Engel in meinem Haus

Billie wusste nicht, woher Lou diese Melodie schon wieder hatte, aber sie ging ihr die ganze Fahrt über nach Hause nicht aus dem Kopf. Sie schloss die Haustür auf. Vielleicht konnten sie aus diesem Lied ja noch etwas für ihren nächsten Auftritt machen.

Ein wenig seltsam fand Billie es schon, dass die Meerschweinchenbeerdigung sie aufgeheitert hatte. Aber genauso war es. Natürlich war es eine todtraurige Angelegenheit gewesen. Als Motte die erste Schaufel Erde auf den Schuhkarton geschippt hatte, musste Billie mehr als eine Träne wegblinzeln. Trotzdem, die feierliche Stimmung, der schöne Song und vor allem das Lob von Lous Vater im Anschluss hatten Billie sämtliche Ungerechtigkeiten des Universums vergessen lassen. Sollte Hanni nach Australien fliegen! Die Popkörner würden noch auf den Mond düsen und dort das erste interstellare Rockkonzert der Weltraumgeschichte geben!

Mit Schwung warf sie ihre Tasche auf die Bank, die neben der Eingangstür stand. »Hallo, ich bin wieder da!«, rief sie in die Stille des Hauses.

Sie sah auf ihre Armbanduhr. Halb sieben! Wo waren die anderen? Billie steckte den Kopf in die Küchentür. Leer. Sie sah ins Wohnzimmer. Niemand da. Durch die Tür zum Arbeitszimmer ihrer Mutter klang gedämpftes Lachen. Billie klopfte und machte auf. »Hi, ich bin wieder da.«

Ihre Mutter saß mit einer Frau in der Sitzecke am Fenster. Vor ihnen auf dem niedrigen Tisch stand die gläserne Kaffeekanne, rundherum stapelten sich Bücher und Papiere. Frau Sander lächelte ihrer Tochter zu. Sie hatte genauso leuchtend rote Haare wie Billie, nur dass sie ihre kurz trug und ihre Arme mit Sommersprossen übersät waren.

»Hallo, mein Schatz. Wir brauchen noch eine halbe Stunde.«

Billie musterte den Gast ihrer Mutter. Die Frau trug ein Kopftuch und schien türkischer Abstammung zu sein.

»Darf ich dir meine jüngere Tochter vorstellen?«, wandte Billies Mutter sich an sie. »Das ist Sybille – unser Popstar«, fügte sie mit einem absolut überflüssigen Augenzwinkern hinzu.

Dann wandte sich Frau Sander an Billie. »Und das ist Frau Bashi. Sie ist Professorin für islamische Theologie. Wir organisieren zusammen die christlich-muslimische Frauenwoche.«

Das klang ja mal wieder oberwichtig!

»Hallo, Sybille«, lächelte die Professorin sie an.

»Hey!« Billie wollte die Tür wieder zuziehen.

»Bereitet schon mal das Abendbrot vor«, rief ihre Mutter ihr hinterher. »Johanna kann dir helfen.«

»Okeydokey!«

Billie rannte die Treppe in den ersten Stock hoch. Ihr Zimmer lag auf der linken und Johannas auf der rechten Seite des Treppenabsatzes. Draußen an Hannis Tür klebte ein riesiges Engelposter. Hanni stand auf Engel. Ohne zu klopfen, stürmte Billie hinein. »Wir sollen Abendbrot machen!«

Johanna saß hinter ihrem aufgeräumten Schreibtisch und beugte sich über ihr Netbook.

»Oh yes!!! I'm really looking forward to our time in Australia!«, sagte sie zum Bildschirm.

»Mit wem skypst du?«, fragte Billie und trat hinter sie.

Auf dem Bildschirm war ein Mädchen mit mittellangen braunen Haaren zu sehen.

»Das ist Betty«, erklärte Johanna. »Meine Gastschwester in Sydney!« Zum Bildschirm sagte sie: »This is my little sister Billie.«

»Von wegen little!«, empörte sich Billie und richtete sich zu voller Größe auf. »Ich bin fast 13!«

»Hi Billie!« Die Australierin winkte ihr zu.

»Hi Betty«, knurrte Billie.

»Ach, so war das nicht gemeint«, sagte Johanna. »I mean, she is my younger sister.«

»Wie auch immer.« Billie drehte sich um. »Du musst deine Australienverbindung unterbrechen. Wir haben Abendbrotdienst.«

Hanni verabschiedete sich von Betty und folgte ihrer Schwester singend in die Küche. »May the Lord show his mercy upon you; may the light of his presence be your guide. May he guard you and uphold you. May his spirit be ever by your side ...«

Billie konnte gut verstehen, weshalb der Chorleiter Hanni unbedingt mit nach Australien nehmen wollte. Sie hatte einfach eine fantastische Stimme! Während Hanni sich wie schwerelos zum hohen A emporschwang, stand Billie vor dem offenen Oberschrank und überlegte, wie viele Teller sie aufdecken sollte. »Weißt du, ob Mamas Gast mit uns isst?«

Hanni machte den Kühlschrank auf. »Keine Ahnung. Aber deck doch zur Sicherheit einfach für sie mit.«

»Na gut«, seufzte Billie. Am langen Esstisch der Familie Sander war für Gäste immer Platz und in neun von zehn Fällen fand Billie es spitze, wie locker und spontan ihre Eltern waren. Nur heute Abend hatte sie so viel zu erzählen, dass sie sich wünschte, nur zu viert zu essen.

»Frau Bashi ist nach Hause gegangen«, rief da ihre Mutter, die mit zwei Rieseneinkaufstüten in die Küche kam. »Die hatte ich noch im Auto vergessen«, sagte sie und stellte die Tüten auf dem Boden ab.

Billie nahm vier Teller und trug sie zum Tisch. »Ich hab heute einen neuen Song geschrieben«, fing sie fröhlich an zu erzählen.

Ihre Mutter packte etwas in die Tiefkühltruhe. »Ein neues Lied? Ich will alles hören.«

In diesem Moment kam Billies Vater den Flur hinunter. Billie spitzte die Ohren. Mit wem redete er da? Und warum brachte der Hirte – so nannte sie ihren Vater – den Besucher nicht zur Haustür, sondern in die Küche?

»Nein, Herr Ellerbrock, Sie machen uns wirklich eine Freude, wenn Sie mit uns essen!«

Oh nein! Nicht schon wieder!, schoss es Billie durch den Kopf.

Der alte Mann wandte sich schüchtern an Billies Mutter. »Frau Sander, ich möchte Ihnen keine Umstände machen«, sagte er und zog dabei seinen Kopf ein, als wäre er eine Schildkröte.

Billies Mutter schob einen Stuhl zurück. »Ich hoffe, Sie mögen Kürbislasagne.«

Die zwei Kerzenstummel, die ihre Mutter auf dem schwarzen Ständer angezündet hatte, flackerten, die Schildkröte wackelte ununterbrochen mit dem Kopf und der Hirte sprach das Tischgebet: »Gott, du gibst uns Speise zur rechten Zeit und sättigst uns mit Gutem. Geh auch weiter mit uns durch diesen Tag. Segne uns und schenke uns, was wir brauchen. Amen.« Lächelnd blickte er in die Runde. »Guten Appetit!«

Halleluja!, dachte Billie. Gut, dass mich die anderen jetzt nicht sehen! Sie griff nach dem Löffel, um sich aufzufüllen. »Heute ist das Meerschweinchen von Mottes Bruder gestorben und wir haben es alle zusammen beerdigt«, begann sie zu erzählen.

»Oh, wie traurig«, sagte Johanna.

»Ja, es war total traurig«, nickte Billie. »Aber wir haben uns für die Beerdigung einen Song ausgedacht und …«

»… füllst du bitte allen auf«, unterbrach ihr Vater sie.

»Das Lied heißt *Bye-bye kleiner Meerieboy«*, fuhr Billie

unbeirrt fort. »Ich weiß, das klingt ein bisschen kindisch. Vielleicht finden wir auch noch einen anderen Titel, der ...«

»Davon kannst du uns gerne nachher weiter erzählen«, schnitt Herr Sander ihr das Wort ab und blickte zu Johanna. »Wie weit seid ihr mit euren Vorbereitungen für die Chorreise?« Er wandte sich erklärend zu ihrem Gast. »Unsere Tochter ist nämlich mit ihrem Chor nach Australien eingeladen!«

»Wirklich?«, fragte die Schildkröte mit heiserer Stimme.

Billie würgte ihre Kürbislasagne herunter.

»Ist schon entschieden, ob ihr auch in Sydney auftreten werdet?«, hakte Billies Mutter nach.

»Ja, wir machen da bei einem großen Chorfestival mit. Betty hat es mir gerade erzählt«, erwiderte Hanni glücklich.

»Toll!«, sagte Herr Sander. »Richtig toll!«

»Und wie lange bleibt ihr in Australien?«, fragte Herr Ellerbrock, der seinen Schildkrötenkopf etwas aus dem Panzer geschoben hatte.

»Drei Wochen!«, antwortete Hanni mit strahlenden Augen. »Die ersten zwei Wochen geben wir rund um Sydney Konzerte und dann dürfen wir eine Woche Strandferien machen.«

»Die Eintrittsgelder kommen einer Flüchtlingsorganisation zugute«, erzählte Herr Sander.

So ging es das ganze Essen über weiter. Billie wartete darauf, dass sie endlich wieder an die Reihe kam. Aber schließlich waren alle Schüsseln leer, und als ihre Mutter mit der Ankündigung aufstand, sie müsse noch eine Beerdigung vorbereiten, war es mit Billies Geduld vorbei. Sie hatte keine Lust mehr, sich die Jubelhymnen auf Johanna und ihren Chor anzuhören.

»Kann ich von meinem Tag nicht mehr erzählen?«, fragte Billie trotzig.

Ihr Vater half der alten Schildkröte hoch. »Gleich, Billie. Gleich. Ich zeige Herrn Ellerbeck nur kurz die Wohnung für unser Winternotprogramm.«

Johanna sprang auf. »Ich komm mit, Paps.«

Ihr Vater wandte sich lächelnd an die Schildkröte. »Meine Tochter hilft bei dem Obdachlosenprojekt mit ihrer Jugendgruppe.« In der Tür drehte er sich noch einmal zu Billie um. »Und deckst du bitte den Tisch ab?«

»Klar, Aschenputtel macht das schon«, murmelte Billie vor sich hin. »Wir können schließlich nicht alle als Engel durch die Gegend schweben.«

Es war schon nach zehn, als ihre Zimmertür aufging. Billie schloss die Augen und presste sich die Kopfhörer gegen die Ohren. *»You are a shooting star. I see a vision of ecstasy. When you hold me, I'm alive. We're like diamonds in the sky.«* Wer immer es war, der in ihr Zimmer kam, Billie wollte sie sich jetzt wirklich nicht mehr unterhalten. *»Shine bright like a diamond. Shine bright like a diamond ...«*

Sie fühlte, wie jemand sich zu ihr aufs Bett setzte. War es Mama? Oder Papa? Billie blinzelte. Natürlich nicht! Neben ihr saß mit angewinkelten Beinen und sanftem

Lächeln Johanna und strich eine Strähne ihrer langen blonden Haare zurück. »Du schläfst ja noch gar nicht, Billiejean.«

Seit Billie bei den Popkörnern mitmachte, hatte Hanni ihr diesen neuen Spitznamen gegeben.

»Ich muss morgen erst zur Zweiten.«

»Ich soll dir von Paps sagen, dass er dich nicht abwürgen wollte. Es ist nur ...«

»Er tut's trotzdem, weil es ja auch viel spannender ist, über die großartige Australienreise seiner wunderbaren Tochter zu erzählen«, fuhr Billie aufbrausend fort. »Oder über sein oberwichtiges Obdachlosenprojekt!«

Hanni sah ihre Schwester erschrocken an. »Das stimmt doch gar nicht! Der Hund von Herrn Ellerbrock ist gerade gestorben und deshalb wollte Paps nicht, dass du weiter von der Meerschweinchenbeerdigung erzählst.«

Das brachte Billie für einen Moment aus dem Konzept.

»Das kann ich doch nicht wissen!«

»Paps wollte auch noch zu dir kommen, aber Herr Ellerbrock brauchte wohl noch etwas Zuspruch.«

Billie lehnte sich gegen die Wand. »Ist halt wie immer.«

»Es ist nicht immer so!«, betonte Hanni.

»Doch!«, sagte Billie mit rauer Stimme. »Warum kann nicht mal jemand anderes die Welt retten? Warum immer Mama und Papa?«

Ihre Schwester rückte ein Stück näher und begann, gedankenverloren an Billies Locken zu spielen. »Irgendjemand muss doch den Anfang machen.«

Billie drehte sich weg.

»Billiejean, wenn du mit nach Australien möchtest, rede ich noch mal mit Gregor. Er weiß, wie schön du singen kannst. Und wenn du mit mir die Stücke übst …«

Billie schüttelte den Kopf. »Sorry, aber eure Kirchenlieder sind nichts für mich! Ich will in buntem Licht über die Bühne tanzen. Ich will laute Musik, bis mir die Ohren dröhnen! Ich, ich bin kein Engel wie du!«

Billie fühlte, wie ihr eine blöde Träne über die Wange lief. Schnell wischte sie sie weg. Hanni sah es auch und zog sie an sich. »Ich bin deine Schwester«, sagte sie leise. »Und kein Engel.«

Billie schnaufte. »Du bist aber verdammt nah dran.«

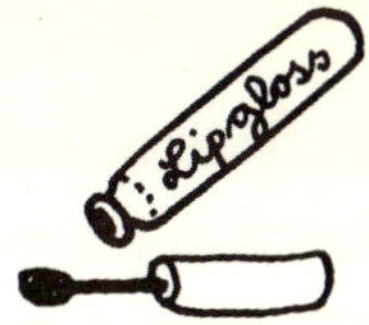

4. Song

Komm, wir heben ab

Wir bleiben wach, bis die Wolken wieder lila sind! Wir bleiben wach, bis die Wolken wieder lila sind!« Billie fuhr sich mit dem Lipgloss über ihren Mund. Mit der richtigen Musik auf den Ohren ließ sich sogar noch dieser Freitagmorgen aushalten. Ein letztes Mal sah sie sich suchend nach Rosa um. Wo blieb sie nur? Seit sie und Rosa zusammen von der Grundschule auf die Lessingschule gewechselt waren, trafen sie sich jeden Morgen hier an der Kreuzung. Und meistens war Billie diejenige, die zu spät kam. Aber jetzt hatten sie wohl mal die Rollen getauscht, dachte Billie säuerlich. Schulterzuckend steckte sie das Lipgloss weg und ging los. Sie war sich ziemlich sicher, woran es lag, dass Rosa noch nicht da war. Auch wenn Rosa und David es vermieden, gemeinsam in der Schule anzukommen, wusste Billie, dass Davidboy Rosa morgens mit seinem Skateboard abholte. Die Pflaster an Rosas Knien und Ellenbogen sprachen Bände.

Während Billie die Straße überquerte, hielt auf der anderen Straßenseite der Bus und eine Woge Schüler schwappte auf den Fußweg. Eine leuchtend gelbe Mütze blitzte aus der Gruppe hervor. Nicht schon wieder Brille! Billie winkte ihrem Klassenkameraden kurz zu und tauchte dann schnell in dem Strom von Schülern ab, der auf das große Eingangsportal zusteuerte. Die Musik aus ihren Kopfhörern hüllte sie ein. *»Guck da oben steht ein neuer Stern: Kannst du ihn sehen bei unserm Feuerwerk? Wir reißen uns von allen Fäden ab, lass sie schlafen – komm wir heben ab.«*

In die Musik mischte sich plötzlich ein Knattern und ein blaues Mofa schlängelte sich dicht an ihr vorbei in Richtung Fahrradständer. Billies Herz setzte für mehrere Schläge aus. Das war Felix! Er ging jetzt schon in die Zehnte, war Gitarrist bei den Fjordies, und wenn Billie ihn ansah, fühlte sie sich, als hätte sie Kaugummi in den Knien. Sie blieb stehen und tat so, als müsste sie etwas an ihrem MP3-Player einstellen. Am Fahrradständer begrüßten die anderen Bandmitglieder Felix mit großem Hallo. Hatte Felix heute etwa Geburtstag, überlegte Billie. Das konnte doch nicht sein. Josch, sein jüngerer Bruder, der mit Billie und den anderen Popkörnern in die 7b ging, hätte das bestimmt erzählt. Aber warum waren die Jungs dann so aufgedreht? Sie rempelten sich lachend an, johlten und klatschten einer nach dem anderen ab. Billie ließ den Blick über die anderen Fahrradständer wandern. Wo waren Lou und Motte? Lou wusste bestimmt, ob die Fjordies etwas zu feiern hatten. Denn zu Billies großem Ärger gab Felix Lou Gitarrenunterricht. Aber heute schienen das Hippie- und das Streichholzmädchen genau wie Rosa spät dran zu sein. Dann musste sie es eben selbst herausfinden. Mit betont gelangweiltem Gesicht schlenderte Billie langsam auf die feixende Jungsgruppe zu, als sie Slobi, den Schulleiter, entdeckte.

»Guten Morgen!«, begrüßte er die fünf Jungs.

»Guten Morgen, Herr Slobowski!«, erwiderten die Fjordies seine Begrüßung.

»Ich muss sagen, dass habt ihr verdammt gut gemacht.«

»Danke, Herr Slobowski«, sagte Felix. »Aber eigentlich geht es ja jetzt erst richtig los.«

Wovon redeten die nur, fragte sich Billie.

Der Schulleiter lächelte. »Ich wünsche euch allen viel Erfolg für eure Zeit bei der *EPA!* Und denkt dran: Ich werde am 28. Oktober vor dem Fernseher sitzen und erwarte, dass die Fjordies der Lessingschule alle Ehre machen!«

»Geht klar«, antwortete der Schlagzeuger.

»Wir geben unser Bestes!«, versicherte Felix.

Mit einem Nicken verabschiedete sich der Schulleiter und verschwand in Richtung des Schulgebäudes. Hatte sie sich verhört oder hatte Slobi gerade etwas von »Fernsehauftritt« fantasiert? Auf einer weit entfernten Bewusstseinsebene nahm Billie das Läuten der Schulglocke wahr und sah, wie die letzten Schüler hastig ihre Räder anschlossen. Von den Fahrradständern kam Felix mit den Fjordies direkt auf sie zu.

Billie setzte ihr Reporterlächeln auf und drängelte sich neben Felix. »Hi Felix! Ich hab zufällig etwas von einem

Fernsehauftritt der Fjordies gehört. Kannst du mir für die Schülerzeitung ein paar Infos geben?«

»Billie?«, Felix starrte sie für einen Moment überrascht an. »Wo kommst du denn her?«

Billie warf lachend ihre Haare nach hinten. »Oh, ich geh hier hin und wieder zur Schule.«

Felix grinste. »Und wie hast du das mit der *EPA* spitzgekriegt. Davon weiß doch noch niemand etwas.« Er sah zu den anderen Fjordies. »Oder habt ihr gequatscht?«

Sie schüttelten den Kopf.

»Nein, ich habe nur mitbekommen, wie Slobi euch gratuliert hat.« Billie biss sich auf die Lippen. »Ich hab auf die anderen Popkörner gewartet und da hab ich es eben gehört.«

»Ist ja auch kein Geheimnis mehr«, sagte Felix. »Wir wollten es nur nicht an die große Glocke hängen, solange es nicht entschieden ist.«

»Aber jetzt ist es entschieden?«

»Jep.«

»Die Fjordies fahren zu EPA?... Ähm, was ist die EPA?«

Felix hielt ihr die Tür auf. »Das ist die *Europäische Popakademie*. Sie findet alle zwei Jahre in einem anderen europäischen Land statt. Dieses Jahr ist sie in München.«

»Klingt super!« Hinter Billies Stirn ratterte es. Eine Popakademie? Das war doch genau das Richtige für die Popkörner! »War bestimmt ein sauschweres Auswahlverfahren.«

Felix blieb vor dem Vertretungsplan stehen. »Allein

aus Deutschland haben sich über fünfzig Bands beworben. Kannst es dir ja vorstellen.«

Er drehte sich um. »Wenn du noch mehr darüber wissen möchtest, kann ich dir die Sachen für die Schülerzeitung gern mailen.«

»Oh ja! Nur eins noch«, Billie legte den Kopf schief. »Weißt du, ob vielleicht noch Plätze frei sind?«

Felix stutzte. »Du meinst, für die Popkörner?« Er fing an zu lachen. »Nimm's mir nicht übel, Billie, aber das ist echt 'ne Riesennummer zu groß für euch!«

»Na ja, wenn du meinst.« Billie zuckte mit den Achseln. »Trotzdem danke für die Infos!«

Sie sah ihm nach, wie er mit den anderen Fjordies die Treppe zur Etage der neunten und zehnten Klassen hochlief. »Von wegen eine Riesennummer zu groß«, flüsterte sie. Billie konnte es vor ihrem inneren Auge förmlich sehen: Sie und Felix auf dem blauen Mofa. Vor ihnen die große Münchner Sportarena. Tausende von Menschen stehen Spalier, winken und jubeln ihnen zu. Durch das Haupttor fahren sie direkt in die Arena hinein bis zur Bühne. Ein Scheinwerfer taucht sie in gleißenden Licht, und als sie und Felix die Bühne betreten, bricht begeisterter Applaus los.

»Billie? Billie geht's dir gut?«

Billie blinzelte. Direkt vor ihr stand Brille und grinste sie unter seiner gelben Mütze dümmlich an.

»Jetzt nicht mehr«, sagte sie und drehte sich auf dem Absatz um.

EPA

5. Song

Billies verrückte Idee

Es war acht Uhr, als Rosa die Stufen zur Schule hochgehumpelt kam. Es war wirklich blöd, dass es neben Knie- und Ellenbogenschützern nicht auch Hüft- und Poschützer fürs Skateboarden gab. Rosa rieb sich über die schmerzende Stelle, auf die sie heute gefallen war. Eigentlich konnte sie inzwischen schon ganz gut das Gleichgewicht halten. Aber an diesem Morgen war ihr richtig schwindelig gewesen und sie war so oft hingefallen, als hätte sie noch nie zuvor auf einem Skateboard gestanden. Deshalb hatten David und sie ihre Skating-Stunde vorzeitig abgebrochen und er war gleich weiter zu Josch gefahren, um seinen Kumpel abzuholen. Denn nur weil sie jetzt miteinander gingen, hieß das nicht, dass sie ihre Freunde hängen ließen.

Rosa trat in die Eingangshalle und atmete erleichtert auf. Unten an der Treppe, die zu den Kunsträumen führte, waren alle versammelt: Lou, Motte, Billie, Josch und Brille.

»Danke, dass ihr gewartet habt!«

»Wir lassen dich doch nicht allein zu Mr Tartumo zu spät kommen«, sagte Lou.

Herr Tartumo, ihr Kunstlehrer, war berüchtigt für seine Ausbrüche, wenn Schüler zu seinem heiligen Unterricht zu spät kamen.

Motte musterte Rosa von der Seite. »Hast du dir dein Bein gebrochen?«

Rosa fühlte, wie sie rot wurde. »Quatsch, hab mich nur gestoßen.«

»Hm, mal wieder den Asphalt geknutscht!«, grinste Brille sie frech an.

Billie warf Rosa einen funkelnden Blick zu. »Und wo hast du deinen Daviboy gelassen?«

»Wieso?«, fragte Rosa und sah zu Josch. »Er wollte dich abholen!«

Josch schüttelte den Kopf. »Ich hab doch freitags immer Frühtraining in der Schwimmhalle und geh dann von dort direkt zur Schule.«

»Oh nein!« Rosa sah sich um. »Aber wo ist er dann?«

Lou sah auf ihre Armbanduhr. »Fünf nach acht, Leute. Mr Tartumo wird schäumen.«

»Wir müssen trotzdem auf David warten!«, beharrte Rosa.

»Ich hoffe nur, er ist sich bewusst, welches Opfer wir für ihn bringen«, meinte Billie augenverdrehend. »Wisst ihr schon das Neueste von den Fjordies?«, fügte sie hinzu.

Aber Rosa hörte nur mit halbem Ohr zu. Sie drehte sich zu Brille und Josch. Ihr ging schon seit Tagen die Frage durch den Kopf, was sie David zum Geburtstag schenken sollte. Dies war die perfekte Gelegenheit, seine

Kumpels unauffällig nach Davids Lieblingsband zu fragen.

Brille zupfte nachdenklich am Bündchen seiner gelben Mütze. »Er hat ziemlich viel von Cro auf seinem MP3-Player. Und von Linkin Park.«

»Stimmt, aber wie hieß noch diese australische Skaterband?«, überlegte Josch.

Rosa stieß Josch in die Seite. »Pscht! Er kommt!«

David sah erst seine Kumpels und dann die Popkörner an. »Ihr habt aber nicht auf mich gewartet?«

Kurz darauf standen sie im Kunstraum hinter den langen Werkbänken und wickelten ihre Specksteine aus.

»Haben wir Schwein gehabt!«, raunte Josch Brille und David zu, die sich mit ihm eine Werkbank teilten.

Brille grinste. »Nur ein kranker Lehrer ist ein guter Lehrer.«

David boxte ihn in die Seite. »Ey, schon vergessen, meine Eltern sind auch Lehrer.«

»Dein Pech!«, zog Brille ihn weiter auf.

Josch suchte sich eine grobe Feile aus dem Werkzeugkasten und begann, weiter an seinem Pinguin zu arbeiten. »Sag mal, David, du hängst doch jetzt ziemlich viel mit Rosa ab.«

»Ja?«

»Wie sieht es denn momentan bei Motte so aus?« Josch räusperte sich.

»Ich meine ... wie kommt sie mit der Trennung klar und so?«

David hörte auf zu sägen. »Ist ganz okay, glaub ich.«

Brille warf seine Feile in die Luft und fing sie wieder auf. »Zumindest hat sie in der letzten Woche kein Haus angezündet.«

»Sehr witzig.« Josch beugte sich noch tiefer über seine Arbeit.

»Warum fragst du sie nicht selbst?«, schlug David vor.

Josch blickte zu der Werkbank der Popkörner rüber. Mottes Eule nahm allmählich Gestalt an. Das Popkorn schien seinen Blick zu fühlen und sah auf. Josch guckte schnell weg.

»Also, ich kann auf keinen Fall in der ersten Ferienwoche!«, sagte Rosa gerade bestimmt. »Da hat David Geburtstag!«

»Dann feiert ihr eben nach! Wo ist das Problem?«, fragte Billie. »So eine Chance wie die *Europäische Popakademie* bekommen wir nie wieder!«

»Aber es ist sein dreizehnter Geburtstag!«, widersprach Rosa. »Der kommt auch nie wieder!«

Motte pustete den Staub von ihrer Eule. »Mach dir keinen Kopf, Rosa. Erst mal müssten die uns ja nehmen. Und so wie ich Billie verstanden haben, ist die Bewerbungsfrist doch ohnehin abgelaufen.«

»Das hab ich nicht gesagt!«, stellte Billie klar. »Stellt euch doch mal vor, wir fahren nach München! Wir machen bei einem echten Profi-Workshop mit!«

Sie strahlte.

»Wir werden entdeckt!«

»Das klingt fantastisch!«, seufzte Lou. »Aber meinst du echt, wir sind schon so weit?«

»Na klar! Wir sind die Popkörner!«, lachte Billie.

»Trotzdem, ich finde Lou hat recht.« Motte kippelte mit ihrem Stuhl nach hinten. »Die Fjordies spielen locker zwei Jahre länger als wir. Ich glaub nicht, dass wir da schon mithalten können.«

Billie lümmelte sich auf die Werkbank. »Mit deiner Einstellung sicher nicht, Motte. Aber wer nicht wagt, der nicht gewinnt!«

Rosa sah Billie entgeistert an. »Heißt das, du willst ohne mich fahren??«

»Du musst dich halt entscheiden!«, sagte Billie leichthin.

»Das werd ich auch!«, antwortete Rosa kämpferisch.

»Popsis, kommt runter! Es ist schließlich noch NICHTS entschieden«, erinnerte sie Lou. »Alles, was wir bisher wissen, ist, dass es diese Popakademie gibt und dass es toll *wäre* hinzufahren.«

»Toll?«, lachte Billie auf. »Es wäre *hammerhammer superdeluxe!*«

Motte ließ sich wieder nach vorne kippen. »Also von mir aus müssen wir es nicht versuchen. Ich mach mir sowieso nichts aus diesem ganzen Wettbewerbsscheiß.«

»War ja klar, Motte, dass du mauerst«, sagte Billie und sah Lou erwartungsvoll an. »Und was denkst du?«

Rosa, Lou und Motte wechselten schnell einen Blick. »Hm, ich finde, es passt im Augenblick nicht so richtig. Rosa möchte zu Davids Party. Motte setzen Wettbewerbe unter Druck. Außerdem haben wir keine Zeit, uns vorzubereiten. Ich glaube, wir sollten lieber versuchen, in Ruhe einen anderen Workshop zu finden.«

Billie machte ein beleidigtes Gesicht. »Wenn das euer letztes Wort ist«, sagte sie und wandte sich schmollend ihrem Specksteinlöwen zu.

Rosa atmete auf. Sie war so erleichtert, dass sie sich nicht zwischen ihren Freundinnen und David entscheiden musste. Schließlich war ihr doch beides total wichtig! Aber David hatte gesagt, dass er etwas ganz Besonderes für seinen Geburtstag plante, und da konnte sie nicht einfach nach München abhauen. Zum Glück hatte Billie es nicht geschafft, Lou und Motte auf ihre Seite zu ziehen. Denn im Ernstfall, das wusste Rosa, würde sie die Popkörner nicht im Stich lassen können. Nicht einmal für Davids Geburtstag!

6. Song

Bis Mitternacht

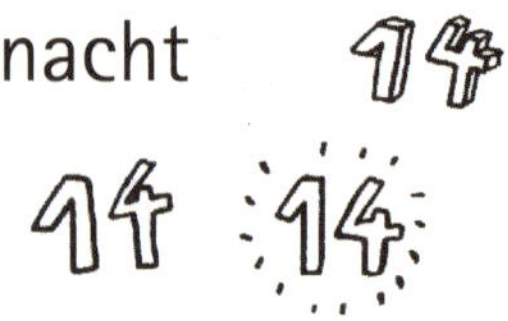

Nach der Schule ging Billie wie verabredet mit Rosa nach Hause. Sie hatte demonstrativ ihre Kopfhörer aufgesetzt und die Musik auf höchste Lautstärke gedreht. In ihr brodelte es. Da bot sich für die Popkörner diese gigantische Chance und Lou, Motte und Rosa fanden einen fadenscheinigen Grund nach dem anderen, um sich nicht einmal bei der Popakademie zu bewerben! Billie hatte große Lust, ihnen allen dreien an den Haaren zu ziehen. Aber dafür war sie leider mindestens fünf Jahre zu alt!

Als sie um die Straßenecke bogen, die zu Billies Haus führte, tippte Rosa sie schüchtern an. Langsam hob Billie den einen Kopfhörer an. »Ja?«

»Komm schon, Billie, sei nicht mehr sauer.« Rosa lächelte sie an. »Wenn David nicht Geburtstag hätte ...«

»... ooooh, bitte!«, stöhnte Billie auf. »Kein Wort mehr zu Davidboy. Sonst schrei ich!«

»Nur zu.« Rosa nickte ihr aufmunternd zu. »Das erleichtert.«

»Ich ...«, setzte Billie an. Da sah sie, wie der Hirte in seinem dunkelroten Passat Kombi in die Straße bog und hupend in die Einfahrt fuhr. Herr Sander stieg aus und winkte den Mädchen zu. »Habt ihr einen Moment Zeit?« Er machte den Kofferraum auf. »Ich habe gerade eine Spende abgeholt.«

»Auch das noch!«, ächzte Billie.

»Was sollen wir denn machen, Herr Sander?«, fragte Rosa.

Sie brauchten eine volle Stunde, bis sie alle Kartons vom Auto in den Keller des Gemeindehauses getragen hatten. Dort sammelte Billies Vater alle Spenden für das Obdachlosen-Winternothilfeprogramm. Besorgt sah er zu dem Lebensmittelregal, das noch nicht einmal halb gefüllt war. »Bis unsere Gäste kommen, haben wir noch viel zu tun.«

Mit Gästen meinte er die obdachlosen Menschen, die für den Winter in die Wohnung der Gemeinde einziehen würden, so wie Herr Ellerbrook. Herr Sander strich sich die verschwitzten Haare aus der Stirn. »Vielen Dank, ihr zwei!«

»Gern«, sagte Rosa.

»Ist Mama da?«, fragte Billie.

»Nein.« Ihr Vater schüttelte den Kopf. »Heute Nachmittag ist die Besprechung im Kindergarten. Und Johanna trifft sich mit dem Chor. Wegen ...«

»... ihrer phänomenalen Australienreise! Ich weiß«, beendete Billie den Satz. Sie drehte sich zu Rosa. »Na, dann können wir wenigstens an die Wii.«

Rosa blickte verlegen drein. »Ähm, heute kann ich leider nicht mehr.«

»Wie?« Billie blieb auf dem Treppenabsatz stehen. »Was soll das heißen? Du kannst nicht?«

»Das ... das Kino«, stotterte Rosa und lief wieder bis zu den Haarwurzeln rot an. »Du weißt schon, David hatte mich doch eingeladen.« Sie sah auf ihr Handy. »Die Vorstellung fängt in einer halben Stunde an.«

»Ich hoffe, es wird ein richtig mieser Film!«, stieß Billie hervor und ließ Rosa vor der Haustür stehen.

Enttäuscht rannte sie die Treppe in den ersten Stock hoch. Hannis Tür stand offen und das Netbook lag noch so auf ihrem Schreibtisch, wie sie es am Abend zuvor zurückgelassen hatte. Billie zog den Stecker aus der Dose und klemmte es sich unter den Arm. Vielleicht war es auch besser, dass Rosa keine Zeit hatte. Sie lief durch den Flur in ihr Zimmer und setzte sich mit dem Netbook auf ihr Bett. Nur weil ihre *Band* nicht zur Popakademie fahren wollte, hieß das noch lange nicht, dass *sie* nicht fahren konnte. Die Seite der Suchmaschine ging auf und Billie tippte »Europäische Popakademie« in das Suchfeld. Gleich auf der ersten Seite war ein Film über die letzte Popakademie, die in Barcelona stattgefunden hatte. Billie klickte den Film an. In schnellen Bildern zeigte er das Leben der Studenten auf dem Musikcampus: Bands auf der Bühne, beim Videodreh, im Tonstudio, beim Tanzen und immer wieder Jugendliche, die erzählten, was ihnen an der Popakademie besonders gefiel. *»Endlich ein Ort, an dem ich das lernen kann, was ich lernen will«*, sagte der eine.

»Sie lieben dich, wenn du anders bist«, schwärmte ein Mädchen.

»Alle haben so viel Talent und eine Wahnsinnsenergie!«

Wenn die Popkörner doch auch ein wenig mehr Energie hätten, dachte Billie, während sie im Menü die Infos zu den Bewerbungsfristen suchte. Unter Kontakt wurde sie fündig: *Nachträgliche Anmeldungen für die Kurse der Europäischen Popakademie sind bis zum neunzehnten Oktober um 24:00 Uhr möglich. Danach schließt sich das Postfach automatisch.*

Das war ja heute Nacht! Billie biss sich auf die Lippen. Es blieben ihr also nur noch wenige Stunden, um ihre Bewerbung fertig zu machen. Hatten die anderen womöglich doch recht, dass es einfach zu kurzfristig war, um sich zu bewerben? »Blödsinn!«, sagte Billie zu sich selbst und griff nach ihrem Handy. 0...8...9 wählte sie die Münchner Vorwahl. Vielleicht konnte sie am Telefon eine Verlängerung herausholen. Tüüüt. Tüüüt. Tüüüt. »European Pop Academy, Paul Stark«, meldete sich eine tiefe Stimme.

»Hey, ich bin Billie aus Hamburg. Ich rufe wegen meiner Bewerbung für die Popakademie an.«

»Teilnehmernummer?«

»Nein, ich bin noch nicht angemeldet. Ich will mich für das Nachrückverfahren bewerben.«

Am anderen Ende entstand eine Pause. »Du weißt, dass die Frist heute Nacht endet?«

»Ja, deshalb ruf ich ja an. Ich dachte, ich könnte meine Sachen morgen schicken.«

»Das geht leider nicht. Wir können keine Ausnahme machen«, erwiderte die Stimme. »Wie alt bist du?«

»Vierzehn«, antwortete Billie, ohne zu zögern.

»Und die anderen aus deiner Band?«

»Ich will mich allein bewerben. Als Sängerin.«

Durch die Leitung hörte Billie, wie auf der anderen Seite etwas getippt wurde. »Tut mir leid, den letzten freien Nachrückerplatz in den Einzelklassen haben wir vor einer Stunde vergeben. Wir haben nur noch einen Platz für eine Band frei.«

Billie murmelte ein Dankeschön und legte auf. Das war doch wie verhext! Wütend pfefferte Billie ein Kissen durchs Zimmer. Hätte jetzt nicht dieser eine Soloplatz für sie frei sein können? Aber nein, so viel Glück hatte sie eben nicht. Wieder starrte sie auf die Homepage der Popakademie. Sie wollte dahin! UNBEDINGT! Und plötzlich wusste Billie, was sie tun musste. Es war nur ein Platz für eine Band frei? Dann würde sie sich eben für den Bandplatz bewerben. Mit zwei, drei Klicks hatte sie die Ordner der Schülerzeitung, der Popkörner und ihre eigenen Fotos aufgemacht. Für die Bewerbung brauchte sie ein Foto von den Popkörnern, auf denen sie zumindest nicht auf den ersten Blick aus-sahen wie Elf- und Zwölfjährige. Denn Teilnehmer der EPA mussten mindestens *vierzehn* sein! Aus den Star-Porträts, die sie noch abgespeichert hatte, holte sie alle wichtigen Infos zu den anderen. Sie wechselte auf das Fenster mit dem Bewerbungsbogen und begann, die Felder auszufüllen:

Name der Band: Die POPkörner.
1. Teilnehmer/-in: Billie Sander, Bandleaderin und Gesang. Alter: 14.
2. Teilnehmer/-in: Louise Blum, Gitarristin und Gesang. Alter: 14.
3. Teilnehmer/-in: Rosa Murmann, Schlagzeug. Alter: 14.
4. Teilnehmer/-in: Karlotta Jacobi, Keyboard. Alter: 14.

Billie starrte für einen Moment auf die Altersangaben. Das Hippiemädchen war ziemlich groß, und wenn Lou nicht gerade zwei Zöpfe trug, sah sie in jedem Fall älter aus als zwölfdreiviertel. Rosa ging auch für älter durch. Vor allem seit sie sich die Haare blau gefärbt hatte. Nur bei Motte hatte Billie ihre Bedenken. Sie war total klein und hatte so gar kein schauspielerisches Talent! Billie atmete tief durch. Egal, um dieses Problem konnte sie sich später kümmern. Jetzt musste sie erst einmal die komplette Band-Bewerbung fertig bekommen, und zwar bevor es Mitternacht war!

Billie machte sich an den nächsten Punkte: *Wann wurde Eure Band gegründet? Erstellt eine Liste der Auftritte. Fügt eine Auswahl Eurer Songs bei (max. 3).* Billie lachte und öffnete den Bandordner. Mehr als zwei PopkörnerSongs gab es ja noch nicht. *Warum wollt Ihr an der Europäischen Popakademie teilnehmen. Begründet Eure Motivation auf mindestens einer Seite!*

Billie schrieb und schrieb. Jetzt zahlte es sich aus, dass sie regelmäßig für die Schülerzeitung schrieb und in Übung war. Zwischendurch klopfte ihre Mutter an die Tür, um Billie zum Abendessen zu holen, aber Billie schmierte sich nur schnell ein Brot und nahm es mit nach oben. Die Zeit lief ihr weg. Die Veranstalter der EPA wollten wirklich alles über die Band wissen. *Wer schreibt die Lyrics? Wer die Musik? Wie oft probt Ihr? Habt Ihr schon mal an einem Bandcoaching teilgenommen? Einen Wettbewerb gewonnen? In einem Profistudio gearbeitet?* Draußen war es längst dunkel, als Billie immer noch vor dem kleinen leuchtenden Rechteck saß. Es war kurz vor zwölf. Billie gähnte und rieb sich die Augen. Ein letztes Mal kontrollierte sie die Anhänge zu der Bewerbungsmail. Nein, es fehlte nichts. Hey Gott, dachte sie, während sie den Senden-Button drückte, ich weiß, du hast wie immer wahnsinnig viele Sachen im Kopf, aber ich hab mir wirklich ziemlich viel Mühe mit dieser Bewerbung gegeben, und falls du mich zufällig gerade hörst, gib mir mal eine Chance!

7. Song

Die Popkörner gehen bummeln

Danke, Lou!«, sagte Rosa inbrünstig ins Telefon. »Ich kann mich einfach nicht entscheiden, was ich David schenken soll!«

»Wir finden bestimmt was für ihn«, versicherte Lou.

Rosa beugte sich zu dem schwarzen Kater, der um ihre Beine strich, und kraulte ihn zwischen den Ohren. »Ich geb dir gleich was.«

»Was gibst du mir?«, fragte Lou verwirrt.

»Ich hab nur mit Mr Darcy gesprochen. Wir haben ihn mal wieder für eine Woche zu Besuch!«

»Ach so!«, lachte Lou. »Dann sehen wir uns um elf im Einkaufszentrum?«

»Vorne am Zeitungsstand«, Rosa zögerte. »Und bitte verrat Motte und Billie nichts davon.«

»Kein Wort«, versprach Lou. »Aber jetzt muss ich wirklich los zum Gitarrenunterricht!«

Erleichtert legte Rosa auf. Wenn Lou mitkam, fand sie bestimmt etwas Originelles für David. Eigentlich hatte Rosa ihm Konzertkarten schenken wollen, aber die kosteten ein Vermögen. Sie hatte auch an einen Gutschein für iTunes gedacht. Verwarf diese Wahl aber als einfallslos! Danach hatte Werkzeug für sein Skateboard kurzzeitig auf der Geschenkliste gestanden. Aber Rosa wollte David nichts Praktisches schenken. Sie seufzte tief. Es war so schwer, das Richtige zu finden! Sie öffnete den Kühlschrank und nahm die Dose mit dem Katzenfutter heraus. »Weißt du, was ich mir wünsche?«

Miau! Mr Darcy lief zu seinem Futternapf.

Rosa hockte sich zu ihm und füllte das Futter mit dem Löffel ein. »Ich wünsche mir, dass Billie auch endlich mit jemandem geht.« Sie kratzte das Futter aus der Dose. »Mit Brille zum Beispiel. Die zwei würden super zusammenpassen. Oder Motte mit Josch. Dann wüssten die beiden endlich, wie das ist!«

Als Lou mit ihrer Gitarre auf dem Rücken zwei Stunden später vor dem Zeitungsgeschäft ankam, blätterten Rosa, Motte und Billie durch einen Stapel Zeitschriften. »Hi! Tut mir so leid, dass ich zu spät bin.« Sie trat neben Billie. »Aber Felix wollte mir unbedingt etwas für dich mitgeben und hat es erst nicht gefunden.« Sie zog eine dicke Broschüre aus ihrer Tasche.

Billie sah überrascht von ihrer Zeitschrift auf. »Für mich?«

»Er sagt, du brauchst es für die Schülerzeitung.«

»Der zehnte Workshop der Europäischen Popakademie«, las Motte laut vor.

»Das ist doch dieser Kurs, von dem du uns erzählst hast?«, sagte Rosa.

»Jaja schon möglich«, nickte Billie. »Ich will einen Artikel darüber schreiben.«

Rosa musterte Billie neugierig von der Seite. Warum steckte Billie das Heft so hastig weg? Und warum hatte sie Augenringe so schwarz wie Autoreifen? »Lass doch mal sehen«, bat Rosa.

Billie schüttelte den Kopf. »Hat dich gestern doch auch nicht interessiert, oder?«

»Nur weil ich keine Zeit für diese Popakademie habe, heißt das noch lange nicht, dass ich es nicht spannend finde«, stellte Rosa klar.

»Ich würde auch gern mal reingucken«, meinte Lou und hakte Motte unter. »Und außerdem habe ich einen Riesenhunger auf einen Milchshake!«

»Ich auch!«, sagten Motte und Rosa.

»Jetzt? Wir wollten doch shoppen gehen!«, wandte Billie ein. »Mein Lipgloss ist fast leer und ich …«

Lou lachte und zog Billie einfach mit. »Die werden nachher schon nicht ausverkauft sein.«

Rosa zog an ihrem Strohhalm. Ihr Mangoshake war schön kalt und schmeckte oberlecker. »Und es gibt Tatsache extra Schlagzeugkurse?«, fragte sie Billie ungläubig.

»Einzel- und Gruppenunterricht.« Billie drehte die Broschüre zu Rosa.

»Wahnsinn!«

»Und Gesangsunterricht?«, erkundigte sich Lou.

»Wenn ich es richtig gelesen habe, bieten sie Stimmbildung sogar in mehreren Sprachen an«, erzählte Billie beiläufig. »Englisch, Spanisch, Französisch ... die Teilnehmer kommen ja aus allen Ländern Europas.«

Rosa blätterte eine Seite weiter und las vor: »Wie in jedem Jahr nehmen die besten Bands am Abschlusskonzert der EPA teil, das am achtundzwanzigsten Oktober im Fernsehen übertragen wird.«

Motte pfiff anerkennend durch die Zähnen. »Scheint wirklich eine super Veranstaltung zu sein. Cool für die Fjordies.«

Billie zog das Heft mit einem entschiedenen Ruck zu sich und klappte es zu. »Ja, für die Fjordies ist es cool!«

Rosa wartete darauf, dass Billie noch etwas hinzufügen würde. Es war doch sonst nicht Billies Art, so schnell lockerzulassen. Aber aus irgendeinem unerfindlichen Grund beließ Billie es an diesem Morgen dabei.

Lou holte ihr Portemonnaie aus der Tasche. »Ich wäre jetzt bereit für die Jagd.«

Motte legte das Geld für ihren Shake auf den Tisch. »Können wir zuerst in den Elektroladen? Ich soll eine DVD für das Wochenende bei meiner Mutter besorgen.«

Die Popkörner standen auf. Rosa stieß Lou in die Seite.

»Aber danach schauen wir in den T-Shirt-Laden, nicht, Lou?«

»Was wollt ihr denn da?«, Billie sah sie irritiert an. »Plant ihr schon wieder ein neues Band-T-Shirt?«

»Ich ... wir ... äh, wie kommst du darauf?«, stammelte Rosa. Ihr Gesicht glühte.

»Ich wollte für Anton mal nach einem Käppi schauen«, sprang Lou ihr bei.

»Genau, ich auch«, nickte Rosa.

Billie und Motte fingen an zu kichern. »Was für ein Käppi könnte das wohl sein?«, fragte Billie mit Unschuldsmiene.

»Sollen wir mal raten, was für ein Motiv du aussuchst?«, zog Motte sie auf. »Vielleicht ein Skateboard?«

»Oder ein Herzchen?«, gluckste Billie.

»Hey, das ist nicht fair«, sagte Lou, die vergeblich versuchte, ernst zu bleiben.

Rosa drehte sich auf dem Absatz um. »Ihr müsst ja nicht mitkommen!«

Jaaaaaaaa! 0 ungelesene E-Mails

8. Song

Die unerträgliche Langsamkeit der Zeit

Es war das längste Wochenende ihres Lebens. Den Samstagvormittag hatte Billie mithilfe der anderen Popkörner ja noch einigermaßen schnell hinter sich gebracht. Rosa hatte mit ihnen für Davids Geschenk jedes einzelne Geschäft abgeklappert. Sie hatten über Hoodies und T-Shirts, CDs und süße Kuscheltiere, ein Schokoladenskateboard und Kinokarten diskutiert. Doch am Ende lautete Rosas Antwort jedes Mal *njet.* So hatten am Ende alle Popkörner ihre Einkäufe erledigt – alle bis auf Rosa.

Zu Hause hatte Billie sich noch eine Stunde mit dem Persönlichkeitstest »Welcher Ausstrahlungstyp bis du?« ablenken können, aber von da an tröpfelten die Minuten nur noch unerbittlich langsam. Da halfen weder die Wii noch Skypen. Billie konnte sich auf keinen Film konzentrieren und nicht einmal Musikhören entspannte sie! Immer wieder schlich sie sich in Johannas Zimmer und checkte die eingehenden Mails. Jedes Mal, wenn der Computer anzeigte, dass eine neue Mail runtergeladen wurde, hielt Billie die Luft an. Und dann war es doch wieder nur eine Nachricht für ihre große Schwester.

Montagmorgen hatte Billie sogar für einen Moment überlegt, die Schule zu schwänzen, um sich mit Johannas Netbook in ihrem Zimmer einzuschließen und den Moment abzupassen, in dem die Mail der Popakademie eintraf. Aber dann hatte sie sich doch anders entschieden. Falls sie die Zusage bekamen, wollte Billie nicht zu Hause bleiben müssen, weil ihre Eltern glaubten, sie wäre krank.

Doch kaum hatte die Glocke im Klassenraum der 7b geläutet, war Billie von ihrem Stuhl aufgesprungen. »Bis nachher, bei der Bandprobe!«, hatte sie den anderen drei Popkörnern zugerufen, die ihr überrascht hinterhersahen. Ein großes Fragezeichen stand ihnen ins Gesicht geschrieben.

Dann machte Billie sich auf den schnellsten Weg nach Hause. Ob die Mail da war? Ob sie eine Zusage hatten? Flüchtig winkte sie ihrer Mutter zu, die mit dem Wagen aus der Ausfahrt kam, schloss die Tür auf und rannte die Treppe hoch.

Es war keine Mail im Postfach! Billie starrte auf den Bildschirm. Es war nach 14:00 Uhr und in den Bewerbungsunterlagen der Popakademie hatte gestanden, dass die Antworten für die Nachrücker Montagvormittag verschickt wurden. Noch einmal drückte Billie F9, um neue Mails runterzuladen. Nichts passierte. Die Popakademie hatte sich nicht gemeldet. Keine Zusage, keine Absage, einfach gar nichts. Billie wusste, dass ihre Bewerbung eingegangen war. Die Empfangsbestätigung war noch am Samstag gekommen. Billie fühlte einen dicken Kloß in ihrem Hals. Das konnte nur bedeuten, dass sie abgelehnt worden war. Sie klappte das Netbook zu.

Aus der Traum!

Vorbei!

Gott hatte ihr mal wieder nicht zugehört!

Unten im Flur klingelte das Telefon. Billie ließ es klingeln. Johanna flog nach Australien. Felix fuhr mit den Fjordies nach München. Und sie verschimmelte in einer Garage!

»Billie, es ist für dich«, klang in diesem Moment die Stimme ihres Vaters nach oben. »Billie! Bist du da?«

»Ich will nicht telefonieren!«

»Gut, dann sag ich Herrn Stark, dass du dich zurückmeldest.«

Billie fuhr hoch. »Herr Stark?«

Billie materialisierte sich neben ihrem Vater, ehe dieser mit der Wimper zucken konnte, und griff nach dem Hörer.

»Hallo, hier ist *Billie Sander!«*

»Stark, von der Europäischen Popakademie. Herzlichen Glückwunsch Billie! Deine Band ist für den letzten freien Platz der EPA ausgewählt worden!«

»Jaaaaaa! Jaaaaaa! Jaaaaaaaaaaaaaaaaaaaaaaaaaaaaaaaaaaaaa!«

Innerhalb der nächsten zehn Minuten klingelte Billie ein Popkorn nach dem anderen durch. »Ich habe eine Megaüberraschung!«, platzte es aus ihr heraus.

»Los, erzähl!« sagte Rosa.

»Die Überraschung ist zu groß fürs Telefon!«, lachte

Billie. »Wir treffen uns in fünfzehn Minuten im Probenraum.«

»Hat das nicht bis um fünf Zeit?«, fragte Rosa. »Dann haben wir doch sowieso Probe!«

»Es ist die genialste Überraschung der Welt!«, fügte Billie hinzu. »Genialer geht's nicht!!!«

Billie hörte, wie Rosa am anderen Ende der Leitung seufzte. »Na gut. Aber ich muss noch das Katzenklo sauber machen. Hab ich meinem Vater versprochen.«

»Rosa, du machst mich fertig«, kicherte Billie überdreht und legte auf, um Lou und Motte anzurufen.

Schon kurze Zeit später trafen sich alle vier Popkörner in ihrem Bandraum. Lou, Motte und Rosa saßen mit erwartungsvollen Mienen auf dem Sofa.

»Jetzt spann uns nicht so auf die Folter«, sagte Lou.

»Warum hast du uns zusammengetrommelt?«, fragte Rosa.

Motte beugte sich vor und schnippte mit den Fingern vor Billies Gesicht. »Hey, aufwachen!«

Billie zog die Broschüre der Popakademie hinter ihrem Rücken hervor und hüpfte wie ein Flummi auf der Stelle. »Wir fahren zur Europäischen Popakademie! Wir fahren zur POPAKADEMIE!«

»Was? Warum? Wie ist das möglich?«, riefen Lou, Motte und Rosa durcheinander.

»Ich dachte, die Frist war abgelaufen!«, wunderte Lou sich.

»Das, das ist jetzt kein verspäteter Aprilscherz, oder?«, wollte Rosa wissen.

Billie schüttelte ihren Kopf. »Popkörner, das ist nichts als die süße Wahrheit! Herr Stark, der Koordinator der Popakademie, hat mich vorhin angerufen und gesagt, dass wir dabei sind!« Sie presste die Broschüre an ihre Brust. »Professioneller Gesangsunterricht für uns! Grandiose Schlagzeugklassen!«, sagte sie zu Rosa.

»Aber Davids Geburtstag …!«, setzte Rosa an.

Billie sah zu Motte, als hätte sie Rosa gar nicht gehört. »Und Keyboardkurse vom Allerfeinsten!«

»Wow!«, stieß Lou hervor. »Ich kann's nicht fassen!«

Motte drehte den grünen Stein in ihrer Hand. »Aber Billie, Josch hat mir erzählt, dass man für die Popakademie mindestens 14 sein muss.«

Billie strich sich eine Strähne aus dem Gesicht. Klar musste Motte wieder ein Haar in der Suppe finden. »Blödsinn! Seit wann ist Josch denn der Musikexperte? Ich dachte, dein Frosch schwimmt.«

Motte runzelte die Stirn. »Erstens ist Josch nicht mein Frosch! Und zweitens hat er es von Felix!«

Billie versuchte, sich nichts anmerken zu lassen. »Da muss Josch sich verhört haben!«, erwiderte sie mit ihrer Super-Billie-Stimme.

Lou hüpfte vom Sofa und zupfte Billie die Broschüre aus der Hand. »Das heißt, wir fahren nach München – zur Europäischen Popakademie?«

Billie machte eine theatralische Geste. »Falls meine Gefährtinnen es ein paar Tage ohne unsere einzigartige Garage aushalten!«

Motte klatschte in die Hände. »Also, ich bin dabei. Auf

ein Wochenende mit dem Silbermann kann ich gut verzichten.«

Die drei sahen zu Rosa, die mit hängenden Schultern auf dem Sofa saß. »Wisst ihr überhaupt, wie sehr ich jetzt in der Klemme stecke?«, stieß sie hervor.

Billie legte ihr den Arm auf die Schulter. »Rosa, wenn du nicht mitkommst, können wir auch nicht fahren. Die Einladung gilt nur für die ganze Band.«

Motte verdrehte die Augen. »Hm, da hast du ihr die Entscheidung ja gleich viel leichter gemacht.«

»Ich denke schon«, erwiderte Billie.

»Es ist Davids Geburtstag!«

Lou hockte sich neben sie. »Hey, wir wissen, was er dir bedeutet.«

»Wisst ihr nicht!«, schnaufte Rosa. »Keine von euch!«

Motte und Billie sahen weg.

»Hast du denn schon dein Geschenk für ihn?«, fragte Lou.

Rosa schüttelte trotzig den Kopf. »Nein!«

Lou lächelte sie an. »Wenn du mitkommst, hättest du in jedem Fall noch ein bisschen mehr Zeit, etwas Schönes für ihn auszusuchen!«

Rosa gab ein unentschiedenes »Hm« von sich.

»Dann ist es beschlossen!«, klatschte Billie in die Hände. »Wir fahren nach München!«

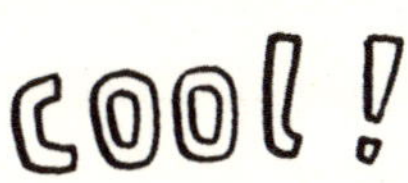

9. Song

Chauffeur gesucht!

Der schnittige Sportwagen rollte langsam aus und hielt direkt vor dem großen, verschnörkelten Gartentor der Jacobivilla. Motte saß auf dem Beifahrersitz und umklammerte ihren grünen Glücksstein.

»Karlotta, ich möchte auch nichts überstürzen«, sagte ihre Mutter und stellte den Motor aus. »Aber meinst du nicht, dass es allmählich Zeit wird, dass du Albert besser kennenlernst?«

Motte starrte weiter auf ihren Stein. Nein, sie fand nicht, dass es Zeit war, den Silbermann kennenzulernen. Da konnte ihre Mutter lange drauf warten! »Ich möchte keinen Ausflug mit ihm machen«, erwiderte sie mit tonloser Stimme. Und schon gar nicht möchte ich mit ihm frühstücken, dachte sie für sich.

Ihre Mutter sah sie bittend an. »Albert hat extra Tickets für den Hansapark besorgt! Wegen Till und Ole. Und du findest es da doch auch gut.«

Motte zuckte hilflos die Schultern. »Vielleicht ein anderes Mal, Mama. Ich kann die Popkörner dieses Wochenende nicht hängen lassen!«

Sie merkte, wie ihre Mutter eine Erwiderung runterschluckte.

»Wie du meinst, Karlotta.« Frau Jacobi umarmte Motte unbeholfen. »Dann sehen wir uns in der zweiten Hälfte der Herbstferien«, sagte sie betont munter.

»Machen wir.« Motte gab ihrer Mutter einen flüchtigen Kuss und stieg aus dem Wagen. »Bis dann!«

»Viel Erfolg in München!«, rief Frau Jacobi ihr noch hinterher, bevor Motte die Tür zuwarf.

»Puh«, seufzte Motte. Ihrer Mutter tat ihr fast ein bisschen leid. Dabei hatte die sich das ganz allein eingebrockt. Sie wollte ja unbedingt mit diesem anderen Mann leben. So war es dann eben. Motte war schon auf dem halben Weg zur Eingangstür, als sie es sich anders überlegte und quer über den Rasen zur Auffahrt lief. Sie hoffte, dass Lou zu Hause war.

Unten im Kutscherhaus stand die Tür zum Probenraum der Popkörner weit offen. Jemand spielte Gitarre. Als Motte in die Garage trat, hockte ihre Cousine im Schneidersitz auf dem gelben Sofa und spielte.

»Hey Motte!«, Lou sah von ihrer Gitarre auf. »Wie ist es gelaufen? Darfst du?«

Motte ließ sich neben sie aufs Sofa fallen. »Sie wollte mich zwar überreden, aber am Ende hat sie nachgegeben!«

»Yeah, das sind großartige Nachrichten!«, sagte Lou.

»Na ja, meine Mutter will unbedingt, dass ich den Silbermann besser kennenlerne«, berichtete Motte. »Aber ich will nicht!«

»Irgendwann wirst du dich wohl mal mit ihm treffen müssen«, sagte Lou und begann wieder, die Melodie zu spielen, die Motte schon beim Reinkommen gehört hatte.

»Hm, die Betonung liegt auf *irgendwann«*, sagte Motte. »Hat Billie sich schon gemeldet? Gibt es schon einen Plan, wie wir nach München kommen?«

Lou schüttelte den Kopf.

»Fliegen ginge natürlich am schnellsten«, überlegte Motte.

»Ist aber zu viel teuer!«, widersprach Lou. »Ich wollte Pa fragen, ob er uns runterfahren kann.«

»Runterfahren?« Motte hob die Augenbrauen. »Du meinst aber nicht mit eurem VW-Bus?«

»Wieso nicht? *Hilde* ist super!«

Der VW-Bus der Blums war nicht nur mit einem selbst ausgeschnittenen wilden Blumenmuster verziert, er hatte auch noch einen Namen. Motte atmete schwer aus. *»Hilde* fährt nicht mal hundert! Da sind wir Weihnachten noch nicht in München!«

»Hast du eine bessere Idee?« Lou legte ihre Gitarre zur Seite. »Ich dachte, Onkel Oliver ist doch bis Mitte nächster Woche mit eurem Auto auf Geschäftsreise.«

»Wir fahren natürlich mit Grandmère«, sagte Motte.

»Mit ihrem Mini?«, prustete Lou. »Da passen wir doch nie zu fünft rein!«

Motte pikste Lou in die Seite, dass sie quiekte. »Wenn wir ein bisschen zusammenrücken, geht das schon.«

Lou stand lachend auf. »Und unsere Instrumente?« Sie

stand auf, reichte Motte eine Hand und zog sie hoch. »Und Billies Gepäck?«

Motte kicherte los. »Stimmt, für Billies Gepäck brauchen wir bestimmt einen Lkw.«

Kurz darauf standen Lou und Motte hinten im Garten und sahen Lous Vater und Anton beim Fußballspielen zu.

»Versuch es noch mal mit dem Spann«, sagte Herr Blum zu Anton. Lous Vater und Bruder standen ein paar Meter vor dem Fußballtor, das auf der großen Wiese aufgebaut war. Anton blickte konzentriert von seinem Fuß zum Tor und wieder zurück.

Lou gab Motte ein Zeichen zu warten. Anton holte aus und schoss. In hohem Bogen flog der Ball am Tor vorbei ins Gebüsch.

»Daneben, Papa«, schnaubte Anton enttäuscht.

»Aber hast du gesehen, was für einen Drall der Ball bekommen hat?«, lobte Herr Blum seinen Sohn.

»Komm, versuch es gleich noch mal.«

Anton lief los, um den Ball zu holen. Herr Blum drehte sich zu den Mädchen um. »Spielt ihr mit?«

»Ne, Pa. Wir wollten dich nur was fragen.«

Herr Blum nahm sich die Wasserflasche, die im Gras stand, und nahm einen tiefen Zug. »Worum geht es denn diesmal?«

»Es ist etwas ganz Tolles!«, begann Lou mit leuchtenden Augen. »Billie hat es geschafft, dass wir zur Popakademie nach München eingeladen worden sind! Und ich wollte fragen, ob du nicht Lust hast, uns zu begleiten?«

»*Die Popkörner* sind zu einer Popakademie in München eingeladen?«, wiederholte Herr Blum erstaunt.

»Ja! Mit richtigen Profilehrern und Wahnsinns-Workshops«, berichtete Lou weiter.

»Billie hat unsere Songs eingeschickt und die fanden sie so gut, dass sie uns ausgewählt haben«, ergänzte Motte, die merkte, dass ihr Onkel etwas mehr Informationen brauchte.

»Ich hab den Ball«, rief in diesem Moment Anton aus dem Gebüsch.

»Gleich, Anton.« Herr Blum rieb sich nachdenklich über die Stirn. »Wann soll es denn losgehen?«

Lou schluckte. »Das ist der einzige kleine Haken, Pa.«

»Wann?«

»Diesen Donnerstag.«

Herr Blum schüttelte den Kopf. »Was, das ist ja schon in drei Tagen!«

»Lou dachte, wir könnten mit Hilde fahren«, erklärte Motte.

»Bitte, Pa, komm mit. Alle Teilnehmer unter sechzehn brauchen eine erwachsene Begleitperson!«

Hinter ihnen dribbelte Anton mit dem Ball auf seinen Vater zu. »Ich pass dir zu«, rief er.

Herr Blum nahm den Ball geschickt an. »Tut mir leid, Lou, aber genau für das nächste Wochenende habe ich versprochen, das große Fußballturnier der E-Jungs mitzuorganisieren.«

»Oh nein! Das hatte ich total vergessen!« Lou sah zu Motte. »Was machen wir denn jetzt?«

»Und Monika?«, erkundigte sich Motte. »Könnte sie nicht mitkommen?«

Wieder schüttelte Herr Blum den Kopf. »Monika hat das ganze Wochenende Dienst.«

»Dann können wir nur hoffen, dass Billies oder Rosas Eltern Zeit haben, uns zu begleiten«, meinte Motte. »Am besten, wir rufen gleich an.«

»Warte«, sagte Lou. »Ich glaube, ich hab eine Idee.«

»Was denn?«

»Wir fragen Grandmère, ob sie uns begleitet! Sie kann Hilde doch auch fahren.«

Herr Blum, der sich gerade den Ball zurechtgelegt hatte, um aufs Tor zu schießen, sah die Mädchen entsetzt an. »Ich weiß nicht, ob das so eine gute Idee ist. Hilde ist schließlich kein Rennauto!«

Aber Lou und Motte waren bereits in Richtung Jacobivilla losgelaufen.

10. Song

Das schwarze Schaf

Tanzen und Musik. Nur tanzen und laute Musik. Billie fühlte den Bass durch ihre geschlossenen Lider, in ihrem Bauch und ihren Beinen. *»You just call me maybe!«* Hundertmal hatte sie zu diesem Lied gesungen, hundertmal dazu getanzt. Aber noch nie hatte sie sich so frei, so gut gefühlt. *»You just call me maybe!«*, sang sie aus voller Kehle ins Mikro und tanzte auf Rosa zu, die neben ihr vor dem Fernseher mit wippenden Haaren hin und her hoppelte. Was machte es schon, dass Rosa den Text nicht auswendig konnte, dass sie die Tanzbewegungen nicht draufhatte? Hey, es konnte nicht jede das Superstar-Gen haben! Aber sie hatte es geschafft: Die Popkörner fuhren zur Europäischen Popakademie nach München! Sie würden die *richtige* Bühne rocken, die *richtigen* Leute kennenlernen, und so wahr sie Billiejean hieß, beim Abschlusskonzert im Fernsehen dabei sein!

»You just call me Billie!«, wirbelte Billie singend auf ihre Freundin zu. *»You just call me Billie!«*

Rosa, die ihr Mikro wie einen Schlagzeugstick hielt,

fiel in den Gesang mit ein. *»You just call me Rosa! You just call me Rosa!«*

»Wir fahren nach München«, sang Billie.

»Wir fahren nach München. Yeah, yeah, yeah!«, sangen sie die letzten Takte, als die Tür zum Wohnzimmer aufgeschoben wurde.

»Hallo! Hier ist ja richtig Party!«, begrüßte Johanna die beiden.

Billie wirbelte zu ihrer großen Schwester herum. »Ah, da kommt Johanna Sander, die Schwester der einmaligen Sängerin der Popkörner!« Billie trat zu Johanna und begann, sie zu interviewen. »Sag mal, wie war es damals, mit Billiejean aufzuwachsen? Wann hast du bemerkt, dass deine Schwester etwas ganz Besonderes ist?«

Johanna stemmte die Hände in die Hüften und blinzelte zu Rosa. »Hast du ihr was in die Cola gemischt?«

»Heute nicht!«, schüttelte Rosa den Kopf. »Aber es gibt da gewisse Neuigkeiten ...«

Billie legte die Hände wie eine Tempeltänzerin aneinander und fing wieder an zu tanzen. »Neuigkeiten? Das ist die Megaschlagzeile!« Sie blickte zu ihrer Schwester. »Wir fliegen zwar nicht zu den Kängurus, aber dafür ...«, Billie machte eine kleine Pause, »... fahren wir genau wie die Fjordies zur Europäischen Popakademie!«

Johannas Augen weiteten sich. »Du meinst aber nicht die Popakademie in München?«

Billie nickte. »Doch! Genau die meine ich!«

»Ich kann ja eigentlich gar nicht mit«, begann Rosa. »Weil David Geburtstag hat, aber ...«

Billie legte den Arm um Rosas Schulter. »... was wären die Popkörner ohne ihre geniale Schlagzeugerin?«

»Wow! Ihr fahrt echt zur Popakademie?«, fragte Johanna noch mal.

Billie und Rosa nickten aufgeregt und im nächsten Moment fielen die drei einander jubelnd in die Arme.

Der Hirte kam mit eiligen Schritten in die Küche, die an das Wohnzimmer angrenzte, als der Jubel ausbrach. »Hab ich einen Geburtstag verpasst?« Mit einem Glas Wasser in der einen und der schweren Kuriertasche in der anderen Hand kam er zu ihnen. Er lächelte Rosa an. »Hast du heute Geburtstag? Kann ich gratulieren?«

»Nein, Herr Sander. Ich hab doch auch am 6. März, genau wie Billie.«

»Stimmt.« Der Hirte nickte zerstreut. »Was gibt es dann zu feiern?«

»Es ist noch tausendmal besser als jeder Geburtstag!«, jubelte Billie.

»Hm, tatsächlich?« Der Hirte warf einen Blick auf seine Uhr. »Oh Gott, ich bin schon wieder spät dran.«

Billie machte einen Schritt auf ihren Vater zu. *»Wir* sind zur Europäischen Popakademie eingeladen! Es geht noch diese Woche los!«

Billie sah ihren Vater erwartungsvoll an.

»Ach, ja! Schön, dass du auch was vorhast, wenn Johanna nach Australien fliegt«, sagte Herr Sander mit einem vollkommen ahnungslosen Lächeln. »Ist das ein Ferienkurs in der Schule?«

»Das ist doch nicht in der Schule!« Billie schüttelte den Kopf. »Die Popakademie findet in München statt. Das wird ein Riesending!«

»München?«, wiederholte der Hirte, als hätte sie gerade Montreal gesagt. »Wie stellst du dir das vor? Du kannst doch nicht allein nach München fahren!«

»Johanna fliegt auch allein nach *Australien!«*

»Sie fliegt mit dem Chor und außerdem ist sie in Familien untergebracht!« Der Hirte nahm seine Tasche.

Billie stellte sich ihrem Vater in den Weg. Sie durfte ihn jetzt auf keinen Fall so gehen lassen.

»Wir sind doch auch zu viert«, sagte sie. »Und außerdem will Lou ihre Eltern fragen, ob sie uns begleiten.«

Der Hirte fasste Billie an den Schultern und schob sie sanft zur Seite. »Darüber reden wir heute Abend. Das kann ich nicht so auf die Schnelle entscheiden.«

Billie ließ seine Hand nicht los. »Aber Papa, ich darf doch fahren? Es nehmen Bands aus ganz Europa teil!«

»Wie gesagt, wir unterhalten uns später darüber.«

Billie merkte, dass er mit seinen Gedanken bereits ganz woanders war. »Und sagt Mama, dass es bei mir später werden könnte. Die Obdachlosenhilfe hat noch ein Essen für heute Abend angesetzt.«

Das war ja so klar, schoss es Billie durch den Kopf.

»Machen wir«, hörte sie Hanni neben sich sagen.

»Tschüss, Herr Sander«, verabschiedete Rosa sich.

Billie starrte dem Hirten wütend hinterher. »Nur falls du später wieder keine Zeit hast, mir zu zuhören: Ich fahre auf alle Fälle!«

11. Song

SOS

Als am nächsten Morgen um halb sieben der Wecker klingelte, bekam Billie die Augen kaum auf. Sie fühlte sich grässlich! Bis spät in die Nacht hatte sie die Ohren gespitzt und auf die Schritte des Hirtens gewartet. Aber er war nicht gekommen. Natürlich nicht. Ihr Vater rettete ja mal wieder seine Schäfchen und da konnte sie sich ganz hinten anstellen! Der einzige Trost war, dass Lou sie angerufen und erzählt hatte, dass ihre Großmutter einverstanden war, sie nach München zu begleiten! Lou, Motte und Rosa – alle Popkörner durften fahren! Billie schlüpfte in ihre Kapuzenjacke. Jetzt brauchte nur noch sie eine Erlaubnis!

Der Frühstückstisch war gedeckt und auf Billies Platz standen eine Müslischale und ein dampfender Becher Tee.

»Guten Morgen«, sagte ihre Mutter mit einem Lächeln. Frau Sander, die Frühaufsteherin der Familie, stand bereits frisch geduscht und angezogen an der Spüle und wusch ein paar Tomaten.

Johanna schob Billie die Milch über den Tisch. »Morning, Billiejean.«

Noch jemand, der gut geschlafen hatte. »Morgen«, grummelte Billie und setzte sich. Nachdenklich starrte sie in ihre leere Müslischale. Ohne die Einwilligung ihrer Eltern ging gar nichts! Das war klar.

»Billie, fang an!«, unterbrach ihre Mutter den Gedanken.

»Keinen Hunger.«

»Du brauchst Energie für deinen Tag.« Ihre Mutter setzte sich mit an den Tisch und begann, die Tomaten zu vierteln. »Deinen Impfpass und den Ausweis hab ich dir auf die Kommode im Flur gelegt«, wandte sie sich an Johanna.

»Danke. Nehm ich gleich mit hoch«, sagte Johanna und warf Billie einen auffordernden Blick zu. »Jetzt frag sie endlich!«, raunte sie ihr zu.

Billie schüttelte sich drei Müsliflocken in die Schüssel. »Mama, hast du gestern Abend noch mit Papa gesprochen?«

Ihre Mutter blickte von den Tomaten auf. »Wegen der Popakademie?«

Vor Überraschung schwappte Billie ein Schwall Milch aus der Tüte. »Papa hat dir davon erzählt?« Billie war sich sicher gewesen, dass der Hirte es vergessen hatte.

»Natürlich«, nickte ihre Mutter und schnippelte weiter.

»Und? Was sagst du? Ist das nicht obergenial? Wir haben auch schon jemanden gefunden, der uns begleitet. Lous und Mottes Großmutter hat Zeit und Rosa darf auch fahren!« Billie schluckte und konzentrierte ihre ganze Energie in den Blick, den sie ihrer Mutter nun zuwarf. »Ich darf doch auch fahren?«

»Wollen wir das nicht gemeinsam besprechen?«, fragte da jemand und der Hirte setzte sich auf den freien Stuhl neben Billie.

»Papa?«, stammelte Billie überrumpelt.

Der Hirte nahm sich Tee und blickte ihr intensiv in die Augen. »Mama und ich haben uns gestern noch einmal die Seite dieser Popakademie angesehen.«

Billie brauchte einen Augenblick, um zu begreifen, was der Hirte gerade gesagt hatte. »Du meinst, *ihr* wart auf der Homepage der EPA?«

Billie merkte, wie ihre Eltern einen Blick wechselten. Der Hirte lächelte. »Scheint alles sehr professionell zu sein.«

Ihre Mutter legte das Messer zur Seite. »Wir finden es sehr bemerkenswert, dass man dich und deine Freundinnen zu dieser Popakademie eingeladen hat.«

Billie fühlte zum ersten Mal kleine Schmetterlingsflügel, die von ihrem Bauch bis hoch zu ihrer Kehle flatterten. »Das heißt, ich darf mitfahren?«, jauchzte sie und sprang von ihrem Stuhl auf, um ihre Eltern zu umarmen.

»Ja«, antwortete ihre Mutter.

Billie lief um den Tisch und drückte sie fest. »Danke, Mama! Danke! Danke!« Dann rannte sie zu ihrem Vater und umarmte ihn stürmisch. »Danke, Papa! Dieser Workshop ist sooooo wichtig für mich!«

»Und deshalb fahre ich mit«, erwiderte er.

Hatte sie sich verhört? »Du fährst mit?« Billie plumpste wieder auf ihren Stuhl und starrte den Hirten an. Das war doch sicher ein Scherz!

Ihr Vater faltete die Hände und betrachtete sie mit seinem besonders milden »Ich-rette-dich«-Blick. Billie geriet langsam in Panik. »Echt, Papa. Wir Popkörner schaffen das! Lous Oma passt auf und außerdem kannst du das Obdachlosen-Winterprogramm doch jetzt nicht im Stich lassen!«

»Das habe ich auch nicht vor«, sagte ihr Vater mit einem Lächeln. »Und ich habe auch keine Zweifel, dass die Popkörner es in München schaffen werden. Aber deine Mutter und ich haben das Gefühl, dass du in letzter Zeit ein bisschen zu kurz gekommen bist. Und deshalb werde ich die Popkörner begleiten!«

Am Nachmittag überbrachte Billie den anderen Popkörnern die Hiobsbotschaft. »Mein Vater will uns nach München begleiten!«

Lou, die gerade etwas in dem alten Bandkoffer suchte, den Frau Blum ihnen für den Probenraum geschenkt hatte, sah auf. »Ist doch klasse! Dann können dein Vater und Grandmère sich beim Fahren abwechseln!«

Motte musterte Billie. »Stimmt. Aber Billie scheint es trotzdem nicht zu gefallen.«

»Möchtest du mit deiner Mutter fahren?«, fragte Billie genervt zurück.

Motte zuckte mit den Schultern. »Wieso nicht? Solange sie ihren neuen Freund zu Hause lässt.«

»Dein Vater ist doch total nett«, mischte Rosa sich ein, die auf der Lehne des Sofas hockte und an ihren Haaren spielte.

»Ja, ist er«, räumte Billie ein.

Lou zog eine CD aus dem Koffer und legte sie auf das Sofa. »Warum willst du dann nicht, dass er mitkommt? Hast du Angst, dass er uns zu früh ins Bett schickt?«

Billie schüttelte den Kopf. »Nein! In solchen Sachen ist er locker.«

»Was ist dann dein Problem?«, hakte Motte nach. »Furzt er?«

»Nein.«

»Raucht er im Auto?«

»Er raucht überhaupt nicht.«

»Was dann? Hört er Volksmusik?«, setzte Motte nach.

Rosa und Lou kringelten sich vor Lachen.

Billie sah zur Seite. Was sollte sie sagen? Dass sie Angst hatte, dass ihr Vater sein hellblaues *»Jesus-liebt-dich«*-T-Shirt anzog. Dass er bei jeder Mahlzeit ein Tischgebet sprach, ein Kreuz am Rückspiegel aufhängen würde und vor dem Schlafen den Abendsegen sprach? Sie schloss kurz die Augen. »Ihr werdet schon sehen, wie es ist, mit einem Hirten unterwegs zu sein.«

★☽

12. Song

Stöckelschuh und Sammeldose

Es war sehr früher Morgen, als Billie ihren Reisekoffer im Halbschlaf über den Weg vom Pastorat zur Pforte zog. Wer hatte bitte schön gesagt, dass *Morgenstund Gold im Mund hatte?* So ein Quark! Billie zog ihre Kapuzenjacke enger um sich. Ihr war kalt, sie war müde und sie hatte nicht die leiseste Ahnung, weshalb ihr Vater zusammen mit Lou und Mottes Großmutter darauf bestanden hatte, mitten in der Nacht aufzubrechen. Schließlich fuhren sie nach München und machten keine Weltreise! Gähnend stellte Billie ihren Koffer zu ihrer großen Reisetasche, dem Rucksack und ihrer Umhängetasche. Außerdem startete die Popakademie ohnehin erst am Freitagnachmittag! Billie blinzelte die Straße hinunter. So wie sie Motte kannte, hatte die sicher verpennt, und die anderen Popkörner würden nicht vor halb acht kommen! Billie stöhnte. So hatte sie sich ihr Leben als Star nicht vorgestellt!

»Billie!«, rief ihr Vater. »Kannst du mal mit anfassen?«

Billie schloss die Augen und wappnete sich für das Schlimmste. Sie hatte sich geschworen, kein Wort zu sagen, ganz gleich wie peinlich der Aufzug ihres Vaters war. Langsam drehte sie sich um. Der Hirte kam ihr auf halben Weg entgegen. »Jaaa!!!«, entfuhr es Billie erleichtert. »Ja, ja, ja!« Der Hirte trug nicht sein *»Jesus-liebt-dich«*-T-Shirt, sondern ein ganz normal langweiliges blaues Sweatshirt. Er lächelte sie an. »Freust du dich auf unsere Tour?«

»Hm«, nickte Billie. Sie musste ihm ja nicht verraten, worüber sie sich gerade freute.

»Ich mich auch.« Der Hirte stellte eine Kiste mit Sammelbüchsen neben Billies Koffer. In diesem Moment entdeckte Billie den Aufdruck auf der Rückseite seines Pullis: »ER *ist meine Rettung.«*

ER! In Großbuchstaben. Damit war natürlich Gott gemeint. Hilfe! Das war mehr, als Billie verkraften konnte.

Der Hirte kam wieder hoch. »Meinst du, deine Freundinnen haben auch Lust, auf der Fahrt sammeln zu gehen?«

»Sammeln?«, stieß Billie hervor. Drehte der Hirte jetzt komplett durch?

Ihr Vater nahm eine der Dosen aus der Kiste und hielt sie Billie hin. »Johanna hat mir gestern noch geholfen, neue Etiketten zu drucken. Schau mal.«

Billie stierte sprachlos auf die Dose. »Warm durch den Winter – spenden Sie für das Winternotprogramm!«, stand darauf.

Der Hirte stellte die Dose zurück. »Ich seh schon, es ist noch zu früh, um zu reden.« Er zog sie mit zum Haus. »Komm, dann wecken wir jetzt Mama und Johanna.« Während Billie fieberhaft überlegte, wie sie ihren Vater in letzter Sekunde dazu bringen konnte, nicht mitzufahren, bog der weiße VW-Bus der Familie Blum laut knatternd in die Straße ein und parkte.

Lou und Motte stiegen aus der Seitentür.

»Guten Morgen!«, schmetterte ihr das Hippiemädchen entgegen. Lou sah aus, als wäre sie direkt vom Bett in den Bus gesprungen. Sie war noch im Schlafanzug!

»Hey Lou.«

Lou fiel ihr aufgeregt um den Hals. »Ist es nicht ein perfekter Morgen? Wir fahren auf unsere erste Tournee! Ich habe schon angefangen, ein neues Lied zu schreiben, und hier sieh mal, Billie!«

Sie zog ein rotes Heft aus ihrer Umhängetasche und wollte es Billie geben, da trat Motte dazwischen. »Lou-hou, bitte. Es ist noch nicht einmal sechs Uhr. Hör auf zu quasseln.«

Lous Mund klappte zu. Billie sah zwischen den Cousinen hin und her.

Ah, die Pyromanin war also schon wach. »Hey Motte.«

»Hi.«

Lou warf einen Blick auf den Gepäckstapel, der sich neben der Pforte stapelte. »Kommt, wir verstauen die Sachen.«

Sie schnappte sich ein Kiste und brachte sie zum Bus.

Motte zog eine Augenbraue hoch. »Ohne Rosa? Die kann ruhig mit anpacken.«

Billie nahm ihren Koffer. »Rosa ist noch nicht da.«

»Moment«, sagte Motte zu Billie. »Heißt das etwa, das da sind nur deine Klamotten?«

»Das sind keine Klamotten«, klärte Billie die Pyromanin auf. »Das sind Requisiten für unsere Auftritte.«

Motte rührte immer noch keinen Finger, um zu helfen.

»Hey, mach mit!«, forderte Lou sie auf und wollte sich den Rucksack locker über die Schulter werfen, bekam ihn aber kaum hoch. »Uff, was hast du denn hier drin?«

»Das wüsste ich auch gern«, sagte Motte und öffnete den Rucksack. Lange blonde und wilde schwarze Kunsthaare quollen ihr entgegen. Mit spitzen Fingern zog sie eine Perücke hervor.

»Das sollen Bandsachen sein?« Lou zog ein Paar Stöckelschuhe mit zehn Zentimeter Absatz hervor. »Die sehen ja mörderisch aus.«

Billie zupfte ihr den Schuh aus der Hand und stopfte ihn zusammen mit der Perücke zurück in den Rucksack.

»Vertraut mir, das ist alles Bandstrategie! Erklär ich euch während der Fahrt.«

»Was für eine Strategie?«, wollte Lou wissen.

»Die Lady-Gaga-Strategie«, sagte Motte mit rollenden Augen, doch dann nahm sie Billies Umhängetasche und folgte ihnen zum Bus.

Billies Kopf tauchte aus dem Kofferraum wieder auf. »Hier ist ja schon alles voll!«

»Kann nicht sein«, sagte Lou, die den Rucksack mit den Schuhen schnaufend abstellte. »Wir haben dir und Rosa extra Platz gelassen.«

»Wo?«, fragte Billie.

Motte schaute ihnen über die Schulter. »Die ist nicht von uns.« Neugierig zog sie die Kiste ein Stück nach vorn. »Was ist das?« Sie blickte zu Lou. »Hat Grandmère die eingepackt?«

»Ne, das stand hier.«

Motte nahm eine der verplombten Sammeldosen in die Hand. »Warm durch den Winter – Spenden Sie für unser Winternotprogramm«, las sie vor. »Ist das auch Bandstrategie?«

Billie gab sich einen Ruck. »Nein, die Dosen gehören meinem Vater.« Sie räusperte sich. »Er bringt sie einem Freund mit.«

Motte stellte die Büchse zurück. »Na, dann nehmen wir dein Gepäck mit in den Bus. Auf der hinteren Bank ist noch Platz.«

Während sie zu dritt Billies Gepäck auf der hintersten Rückbank verstauten, standen Grandmère und Herr Sander vorn neben dem Bus und machten sich miteinander bekannt.

»Ich bin Bernie«, stellte sich der Hirte vor.

»Marlene«, erwiderte Grandmère nonchalant und faltete ihre Straßenkarte auseinander. »Bien, im Verkehrsfunk hieß es heute Morgen, dass man die Baustelle zwischen Laatzen und Hildesheim möglichst weit umfahren sollte«, sagte sie und hielt Billies Vater die Karte hin. »Ich dachte, wenn wir die Route six nehmen, ich meine die Bundesstraße sechs …«

Herr Sander sah von der Karte auf. »Das ist sicher eine Möglichkeit, aber ich habe das Navi schon programmiert.«

Skeptisch musterte Grandmère das kleine schwarze Gerät, das Herr Sander ihr entgegenhielt. »Wie Sie meinen, Bernie! Sie können gern mit Ihrem Navi fahren. Ich verlasse mich lieber auf meine eigenen Augen und Ohren.« Sie blickte zu den Mädchen. »On y va? Können wir los?«

Lou, Motte und Billie kletterten über die Mittelbank nach vorn und stiegen aus dem Bus.

Mit Entsetzen merkte Billie, wie ihr Vater eine ausladende Geste machte.

»Bevor wir fahren, würde ich gern noch einen Reisesegen sprechen.«

Blitzartig schüttelte Billie sich ihre Haare vors Gesicht, sodass ihr niemand in die Augen sehen konnte. Sie hatte es doch gewusst. Der Hirte würde das volle Programm durchziehen. Reisesegen! Sammelaktion! Und für ihre Zwischenübernachtung hatte er selbstverständlich bei einem befreundeten Pfarrer im Südhessischen angefragt. Da kam ihr der rettende Gedanke. »Das geht nicht!«, rief sie schnell. »Wir sind doch noch gar nicht vollzählig!«

»Stimmt, Rosa fehlt noch!«, nickte Lou.

»Et voilà, dann ruf sie bitte an«, forderte Grandmère Billie auf, der nicht entgangen war, wie diese auf den Vorschlag ihres Vaters reagiert hatte. »Den Segen können wir sicherlich später noch nachholen, nicht wahr?«

»Ähm, ja.« Der Hirte ließ die Hände langsam wieder sinken.

Aufatmend wählte Billie Rosas Nummer. Tüt. Tüt. Tüt. »Besetzt«, sagte sie zu Lou und Motte.

»Vielleicht versucht sie gerade, uns anzurufen«, überlegte Lou. »Leg doch mal auf, damit sie durchkommt.«

Billie beendete den Anruf. Nichts geschah. »Ich probier's noch mal.« Zum zweiten Mal wählte sie Rosas Nummer.

»Meint ihr, sie lässt uns hängen?«, fragte Motte.

»Nein!«, widersprach Lou.

Wieder tutete das Besetztzeichen in Billies Ohr. »Geh schon ran!«

Der Hirte kam einen Schritt auf die Mädchen zu. »Was haltet ihr davon, wenn wir Rosa abholen?«

In der Ferne ertönte die Sirene eines Polizeiwagens.

»Ja, super Idee!«, sagte Lou.

»Hm, gehen wir besser auf Nummer sicher«, stimmte Motte zu.

Billie, die sah, wie ihr Vater sich wieder in Position für den Segen brachte, wählte erneut. »Dann sag ich ihr schnell Bescheid, dass wir ...«

Ihre nächsten Worte gingen im Geheul der Sirene unter. Denn nun kam der Polizeiwagen in ihre Straße gebogen.

Billie, Lou und Motte verfolgten überrascht, wie das Auto direkt hinter dem VW-Bus zum Stehen kam. Die Sirene verstummte.

»Gibt es etwas, das ich wissen sollte?«, wandte sich Grandmère an Motte.

»Nö, ich ...«, schüttelte Motte den Kopf.

Da entdeckte Billie ein Mädchen, das auf dem Beifahrersitz saß. »Rosa!«

Wenige Sekunden später stand ihre Freundin bei ihnen. »Sorry, dass ich so spät dran bin«, entschuldigte

Rosa sich. »Ich hatte meine Reisetabletten vergessen und musste noch mal nach Hause. Sonst wird mir speiübel.«

Rosas Vater, Herr Murmann, kam zu ihnen und schüttelte dem Hirten und Grandmère die Hand. »Vielen Dank, dass Sie die Mädchen begleiten.«

»Wir stürzen uns jetzt alle gemeinsam ins Abenteuer!«, verkündete der Hirte.

»Ich habe schon länger geplant, mal mit meinen Enkelinnen zu verreisen«, erwiderte Grandmère lächelnd. »Und das hier ist eine sehr schöne Gelegenheit.«

Während die Erwachsenen noch ihre Telefonnummern austauschten und verabredeten, am Abend zu sprechen, verstauten die vier Mädchen Rosas Gepäck auf der ersten Rückbank.

Kurz darauf war es endlich so weit: Nach letzten festen Umarmungen, Ermahnungen und Küssen stiegen die vier Popkörner in den Bus und winkten Billies Mutter, Johanna und dem Kommissar zu, bis sie aus ihrem Blickfeld verschwanden.

13. Song

Heute hier, morgen dort ...

Lou wunderte sich überhaupt nicht, dass Grandmère den Fahrersitz bereitwillig für Billies Vater räumte und es sich mit ihrem dunkelroten Nackenkissen auf dem Beifahrersitz bequem machte. Sie war definitiv nicht die Frau, die es schätzte, vor Tau und Tag aufzustehen. Unter *savoir vivre* verstand die Lebenskünstlerin etwas anderes, als um fünf Uhr früh auf Reisen zu gehen. Lou saß neben Motte auf der hinteren Rückbank, während Billie und Rosa die Taschen und Rucksäcke so auf der vorderen verteilt hatten, dass sie sich beide anlehnen konnten. Die Straßen waren noch leer und so erreichten sie schnell die Autobahn. Das gleichmäßige Tuckern des Motors hüllte sie ein und schon bald wurde es still im Bus. Billie hörte mit geschlossenen Augen Musik, Rosa hatte sich mit ihrer Jacke zudeckt. Motte, deren Kopf gegen Lous Schulter gesackt war, schlief. Vorne am Steuer summte Herr Sander leise eine Melodie und Grandmères Atem ging ruhig und gleichmäßig.

Lou sah aus dem Fenster. Über den Feldern malte die Sonne in flammendem Orange und Rot den Morgen an den blassen Himmel. Die Bäume waren noch in hellen Dunst gehüllt. Genau wie die Reise, die vor ihnen lag, ging es Lou durch den Kopf. Sie fühlte, wie es in ihrem ganzen Körper angenehm prickelte. An Schlafen war nicht zu denken. Dies war ein ganz besonderer Morgen. Sie fuhr mit den Popkörnern auf ihre erste gemeinsame Bandreise. Ganz leise fischte sie die Broschüre der Popakademie aus Billies Umhängetasche heraus. Solange die anderen schliefen, wollte sie noch einmal schauen, welche Kurse angeboten wurden. Dazu war sie bisher gar nicht gekommen. Das Programm der EPA war sehr umfangreich und in fünf Hauptbereiche gegliedert: Solisten, Bands, Komposition, Performance und Vermarktung. Lou blätterte zu dem Abschnitt für Bands und begann, den Einleitungstext zu lesen. »Viele unserer Teilnehmer und Teilnehmerinnen besuchen die EPA im Laufe der Jahre mehrere Male. Einige, die in den Einsteigerklassen für *Vierzehnjährige* ihre ersten Akademieerfahrungen gemacht haben, bewerben sich zwei oder vier Jahre später erneut, um ihr Können zu vertiefen ...« Lou blickte auf. Etwas in dem Text hatte sie irritiert, doch sie kam nicht sofort darauf, was es gewesen war. Sie überflog die Zeilen noch einmal und kam zu den Worten, an denen sie hängen geblieben war: Einsteigerklassen für *Vierzehnjährige*. Plötzlich fiel Lou wieder ein, dass Josch vor ein paar Tagen das Gleiche behauptet hatte. Dass man mindestens vierzehn sein musste, um an der Popakademie teilnehmen zu können. Das hätte ihm Felix, sein großer Bruder, erzählt. Aber wie konnte das sein?

Sie waren ja alle vier noch nicht vierzehn. Sie und Billie wurden bald 13, aber Motte und Rosa waren noch nicht einmal 12! Lou blätterte zurück zum Inhaltsverzeichnis. Sie überflog die Überschriften und fand, wonach sie gesucht hatte. Doch als Lou die Seite aufschlug, blitzte aus dem Falz nur eine unregelmäßige Kante hervor. Verwundert strich Lou über das Papier. Die Seite mit den Teilnahmebedingungen war ausgerissen worden! Eigentlich konnte es nur eine Erklärung dafür geben: Billie hatte die Seite vermutlich rausgerissen, um die Bewerbungsunterlagen für alle Popkörner zu kopieren. Ja, dachte Lou bei sich, so war es bestimmt gewesen, denn wie sonst hätten die Popkörner den Nachrückerplatz ergattern sollen?

Statt sich weiter darüber den Kopf zu zerbrechen, wollte sie lieber den Artikel über Melissa O'Connor, eine irische Musikerin, lesen.

Sie waren bestimmt gut zwei Stunden unterwegs, als Lou merkte, wie hungrig sie war. Die anderen schliefen noch.

»Reisen macht hungrig«, sagte Lous Mutter immer und hatte ihr deshalb eine große Tasche mit belegten Brötchen mitgegeben. Die Papiertüten waren mit T/K, K/G und G/W gekennzeichnet. Das bedeutete: Tomate-Käse, Gurke-Käse, Gurke-Wurst. Lou suchte sich ein Gurke-Wurst-Brötchen aus. Als sie es aus dem rascheligen Papier zog, reckte Motte sich. »Machen wir eine Pause?«

»Nein«, flüsterte Lou, um die anderen nicht zu wecken. »Schlaf ruhig weiter.«

Motte kuschelte sich wieder in ihren Arm.

Lou wollte gerade in das Brötchen beißen, als Rosa auf der vorderen Bank hochkam. »Oh, oh, mir ist schlecht.«

Neben ihr blinzelte Billie.

Alarmiert warf Herr Sander einen Blick durch den Rückspiegel zu Rosa. »Ist dir sehr übel? Sollen wir anhalten?«

Rosa presste die Lippen zusammen und nickte.

»Billie, mach das Fenster auf! Schnell«, forderte Grandmère sie auf.

»Und wo ist der Fensterheber?«, quiekte Billie.

»Ich muss spuck...«, presste Rosa hervor.

Billie zuckte zurück. »Hilfe!«

Lou griff gleichzeitig nach der Baumwolltasche mit den Brötchen, kippte sie hastig aus und reichte sie Rosa nach vorn.

Genau in diesem Augenblick wurde Rosa von einem Würgen geschüttelt und erbrach sich in die Tasche.

»Böah!«, verzog Billie angewidert das Gesicht.

»Das wird schon wieder«, sprach Lou Rosa Mut zu und legte ihr beruhigend die Hand auf den Rücken.

Wieder wurde Rosa von einem Schauder geschüttelt.

Billie zeigte auf die Tasche. »Es tropft! Wie eklig!«

»Hier, nehmt das.« Grandmère reichte ihr ein Geschirrhandtuch nach hinten.

»Was soll ich damit?«, fragte Billie.

»Drunterhalten, damit nicht alles in den Wagen tropft«, sagte Motte.

Widerstrebend hielt Billie das Tuch und die Tasche. »Jetzt ist mir auch schlecht!«

»Da vorn kommt ein Parkplatz!«, sagte Billies Vater mit Erleichterung. »Gott sei Dank!«

Grandmère kurbelte ihr Fenster runter. »Wir haben es gleich geschafft, Mädchen.«

Rosa hing mit dem Kopf immer noch über dem Baumwollbeutel, als neben ihr Nena anfing zu singen: *Hast du etwas Zeit für mich?*

Motte kicherte. »Ne, hat sie nicht.«

Mit der freien Hand nahm Billie das Handy. »Hallo, hier ist Billie.«

Sie sah zu Rosa und schüttelte den Kopf. »Tut mir leid, David, Rosa kann gerade nicht, sie ...«

»... sag es ihm nicht«, röchelte Rosa aus der Tasche hervor.

»Gut, sie ruft dich später zurück«, sagte Billie und warf das Handy zur Seite. »Ich soll dir sagen, dass er an dich denkt.«

Rosa gab einen undefinierbaren Grunzer von sich.

Herr Sander fuhr auf den Parkplatz und hielt. »So, jetzt machen wir erst mal alle Türen auf.«

Rosa stöhnte auf und kam langsam hoch. Grandmère, die als Erste ausgestiegen war, schob die Seitentür auf und half ihr aus dem Bus. Wortlos nahm sie Rosa den Beutel und Billie das Tuch ab und warf beides in den nächsten Mülleimer.

Herr Sander, der den Fußraum hinter den Vordersitzen inspizierte, lächelte erleichtert. »Da haben wir Glück gehabt, dass Lou ihr gleich die Tasche gegeben hat. Den Geruch hätten wir die ganze Fahrt nicht wegbekommen.«

Lou kippte etwas Wasser über ein Taschentuch und gab es Rosa, die sich auf die Picknickbank gesetzt hatte.

»Danke«, murmelte sie verlegen und wischte sich den Mund ab. Sie war noch immer ganz blass um die Nase und ihre Haare klebten an der schweißnassen Stirn.

»Deine Tabletten wirken ja echt gut«, meinte Motte und setzte sich neben sie.

»Normalerweise schon«, beteuerte Rosa. »Aber da war plötzlich so ein komischer Geruch in der Luft. Nach etwas Ranzigem.«

»Ich hab nichts gerochen«, schüttelte Billie den Kopf und wischte sich ihre Hände mit dem Hygienetuch ab, das Grandmère ihr gegeben hatte.

»Ich habe ein Wurstbrötchen gegessen«, seufzte Lou.

Bei dem Wort Wurst zuckte Rosa zusammen. »Bitte, sprich nicht von Essen!«

»Okay«, sagte Motte. »Aber das bedeutet wohl, dass wir besser nicht mehr während der Fahrt, sondern nur in den Pausen essen.«

Billie nickte energisch. »Das seh ich auch so. Noch so eine Attacke halt ich nicht durch.«

14. Song

Der Hirte legt los

»Stopp!«, rief Billie und sah Motte gespannt an.

»T.«

Okay, t, t, t. Billie grübelte einen Moment lang über den Namen der Band, die ihre Mutter so gerne hörte. »Tears for Fears!«

»Texas Lightning«, sagte Lou.

Motte grinste. »Die Toten Hosen.«

Die drei blickten zu Rosa, die sich am halb geöffneten Fenster den Fahrtwind ins Gesicht pusten ließ und sich von ihrer Übelkeit erholte.

»Weißt du eine Band mit T?«, fragte Lou.

Rosa antwortete, ohne die Augen zu öffnen. »The Transsylvanians.«

»Sicher, die Transsylvanians?«, wiederholte Billie. »Wieso nicht gleich die Volturians? Das hast du dir doch ausgedacht.«

Rosa blinzelte die anderen an. »Nein, das ist eine Folkband.«

»Na, meinetwegen«, seufzte Billie. »Zählen auch Sänger?«

»Sicher«, nickte Lou.

»Gut, dann weiß ich noch Justin Timberlake.«

»Autsch!«, sagte Motte.

»Autsch beginnt nicht mit T«, stellte Billie trocken fest. »Wenn keine mehr eine Band weiß, bin ich jetzt dran.«

»Hey, nicht so schnell!«, ging Motte dazwischen. »Lou weiß noch eine.«

Lou ließ ihre Kaugummiblase platzen. »Truck Stop.«

Billie stöhnte. Nun hatte das Hippiemädchen schon wieder gewonnen! Sie hatte ohnehin nur zugestimmt mitzuspielen, um Lou davon abzuhalten, Fragen zu stellen. Billie hatte sich mächtig anstrengen müssen, um sich nichts anmerken zu lassen. Wer konnte auch ahnen, dass Lou sich noch während der Fahrt in das EPA-Programm vertiefen würde? Es war wirklich leichtsinnig von ihr gewesen, die Broschüre einfach so offen in ihrer Umhängetasche mitzunehmen. Aber in dem ganzen Trubel hatte sie einfach nicht daran gedacht, die Unterlagen besser zu verstecken. Billie mochte sich gar nicht ausmalen, was passiert wäre, wenn Motte das Programm in die Finger bekommen und entdeckt hätte, dass eine Teilnahme erst ab 14 Jahren möglich war. Keine außer Lou hätte ihr die Geschichte geglaubt, dass es sich im Text um einen Druckfehler handelte und sie die Seite mit den Teilnahmebedingungen rausgerissen hatte, weil sie diese für alle Popkörner kopieren wollte. Trotzdem erschien es Billie das Beste, das Thema während der Fahrt möglichst zu vermeiden, und deshalb war sie jetzt dazu verurteilt, jedes noch so alberne Spielchen mitzuspielen. Sie wollte die anderen erst einweihen, wenn sie in München angekommen waren und es kein Zurück mehr gab.

Auf der rechten Seite tauchte ein großes Hinweisschild für den nächsten Rastplatz auf. Motte beugte sich über die Lehne der vorderen Sitzbank. »Grandmère, können wir mal anhalten?«

Ihre Großmutter ließ die Straße keinen Moment aus den Augen. »Cherie, ist das Espressozeichen auf dem Schild?«

»Was für ein Zeichen?«, fragte Motte, die vergeblich versuchte, die vielen verschiedenen Symbole auf dem Schild zu entziffern.

Billie deutete auf das blaue Schild, das rechts an ihnen vorbeiflog. »Da ist eine Tasse!«

Grandmère schüttelte den Kopf. »Nein, ich brauche jetzt nicht irgendeinen Kaffee, sondern einen petit cafè mit Croissant.« Sie fuhr mit unverminderter Geschwindigkeit weiter. Vor ihnen zweigte die Abbiegespur zum Rastplatz ab. »Bis zur nächsten Raststätte ist es sicher nicht mehr weit.«

»Ich muss aber mal!«, widersprach Motte.

»Ich auch«, rief Lou.

»Das haltet ihr schon noch aus«, erwiderte Grandmère ungerührt. »Ihr seid doch große Mädchen.«

Der Hirte, der bis zu diesem Moment schweigend sein Navi bearbeitet hatte, blickte auf. »Mein Routenprogramm zeigt an, dass es hier eine Espressobar gibt.«

»Oh, ich hätte nicht gedacht, dass Ihr Gerät doch zu etwas nützlich ist«, sagte Grandmere, drehte das Steuer scharf nach rechts und lenkte den Bus so schwungvoll auf die Auffahrt, dass die Mädchen hinten zur Seite purzelten.

»Aaaaah«, quietschten sie.

Billie rappelte sich hastig von Rosa hoch, deren Gesichtsfarbe schon wieder von Blassweiß in Hellgrün gewechselt hatte.

»Mir wird wieder schlecht«, stöhnte Rosa.

»Oh nein!«

Ob es der Gedanke an einen frisch gebrühten, starken Kaffee oder die Furcht vor einer zweiten Brechattacke von Rosa war, konnte Billie nicht sagen, aber Mottes Großmutter hielt mit Vollgas auf die Autobahngaststätte zu.

Mit leicht wackeligen Beinen stiegen sie aus dem Bus. Motte hüpfte schon von einem Fuß auf den anderen. »Kommt ihr mit?«

Lou hakte sie unter. »Treffen wir uns wieder am Bus?«, wandte sie sich an ihre Großmutter.

Frau Jacobi, die für die Fahrt ihren Hut abgenommen hatte, setzte ihn wieder auf ihr silbernes Haar. »In zehn Minuten hier«, sagte sie und entschwand mit beinahe schwebendem Schritt über die Straße auf den Eingang der Raststätte zu.

Billie warf einen fragenden Blick zu Rosa. »Wollen wir uns bei den Zeitschriften umsehen?«

Rosa sah zwischen Lou, Motte und Billie hin und her. »Ne, ich geh lieber mit aufs Klo.«

»Aber die Zeitschriften würden dich ablenken«, versuchte Billie, sie zu überzeugen. In diesem Moment kam der Hirte um den Bus. Er hielt in jeder Hand zwei Sammeldosen und steuerte genau auf sie zu.

Hilfe!, schoss es Billie durch den Kopf.

»Wer von euch hat denn Lust, mir ein klein wenig bei der Sammelaktion für das Winternothilfeprogramm unserer Gemeinde zu helfen?«, fragte er mit einem breiten Lächeln.

»Äh, wir, äh, müssen unbedingt zum Klo!«, stammelte Billie, hakte schnell Rosa unter und ergriff die Flucht.

Lou drehte sich noch einmal nach ihm um, bevor sie mit Motte hinter den anderen herlief. »Vielleicht später, Herr Sander.«

»Ich warte dann vor dem Eingang auf euch«, rief er den Mädchen nach.

»Oh Gott!«, brach es aus Billie hervor, als sie mit den anderen die Treppe ins Untergeschoss hinunterflüchtete. »Er tut es wirklich.«

Motte verschwand in der ersten freie Klokabine und machte die Tür hinter sich zu. »Hast du nicht gesagt, er will die Sammeldosen einem Freund in München mitbringen?«

»Wollte er auch!« Billie konnte sich nicht dazu durchringen, den anderen zu gestehen, dass der Hirte ihr schon zu Hause von seinem Plan erzählt hatte.

Lou und Rosa schlossen die Türen ihrer Kabinen zu.

»Ich find es toll, dass er so engagiert ist«, hörte man Lou.

»Ja, wenn er so weitermacht, wird er bald heiliggesprochen«, knurrte Billie.

Sie stand am Waschbecken und starrte ihr Spiegelbild an. Unter ihren hochspringenden Locken sah ihr Gesicht irgendwie zwei Nummern zu klein aus. Sie beugte sich näher zum Spiegel. War der Knubbel an ihrer Nase etwa schon wieder gewachsen? Ihre Nase hatte sie vom Hirten geerbt. Komisch, dass sie es an einigen Tagen überhaupt nicht bemerkte und dann an anderen das Gefühl hatte, nur noch aus Nase zu bestehen.

Bei Motte ging die Wasserspülung. »Sammeln wir denn jetzt mit?« Sie trat aus ihrer Kabine.

»Ich hätte nichts dagegen«, sagte Lou, die mit ihr zu den Waschbecken kam.

Billie tippte sich gegen die Stirn. »Eher lass ich mich mumifizieren! Ich will ...«

Hast du etwas Zeit für mich, dann singe ich ein Lied für dich, fing da in Rosas Kabine ihr Handy an zu singen.

»Verflixt!« Das war Rosas Stimme. Man hörte ein Rumpeln und Scheppern. »Wo hab ich mein blödes Handy hingetan?«

Unterdessen sang Nena fröhlich weiter: *Von 99 Luftballons und das so was von so was kommt.*

»Hallo! Hallo, David!«, rief Rosa. »Mist! Jetzt hat er aufgelegt!« Mit einem Stoßseufzer kam sie aus der Kabine. Billie kicherte los.

»Was?«, fauchte Rosa.

»Gar nichts.« Billie winkte ab. »Dein Davidboy scheint nur ein schlechtes Timing für seine Anrufe zu haben.«

»Und wennschon.« Rosa drückte den Knopf am Wasserhahn und schaufelte sich mehrere Hände Wasser ins Gesicht. Als sie den Blicken der anderen im Spiegel begegnete, spielte ein kleines Lächeln um ihre Lippen. »Er denkt an mich!«

Billie zwinkerte Lou zu. »Ich glaube, unser nächstes Lied wird ein Liebeslied!«

Lou nahm die Pose aus Billies Choreografie ein und begann zu singen:

»Sag mir, dass dieser Ort hier sicher ist. Und alles Gute steht hier still.« Sie legte ihren Arm um Billie und Motte.

»Und dass das Wort, das du mir heute gibst«, setzte Billie mit ein und legte beide Hände auf ihre Brust.

»... morgen noch genauso zählt!«, brachten Lou, Billie und Motte noch heraus, bevor sie von einem Lachanfall geschüttelt wurden.

»Hauptsache, ihr habt Spaß.« Rosa zuckte gelassen die Schultern und ging zum Ausgang. »Ich ruf ihn kurz mal an.«

Motte und Lou wollten Rosa schon folgen, als Billie sie festhielt. »Ich kann da nicht hoch. Schon vergessen? Mein Vater sammelt!«

»Ich will aber nicht hierbleiben«, sagte Motte. »So schön sind die Klos nun auch wieder nicht.«

Lou überlegte kurz. »Ich glaube, vorne beim Ausgang gab es eine Hintertür.«

»Okay«, nickte Billie. »Hauptsache, wir laufen dem Hirten nicht in die Arme!«

Lou behielt recht. Vom Treppenabsatz aus konnte Billie auf der einen Seite ihren Vater sehen, der sich draußen vor dem Haupteingang der Raststätte in Position gebracht hatte. Ein paar Schritte neben ihm stand Rosa und telefonierte.

Auf der anderen Seite führte der Gang zu einer kleineren Tür. »Los!« Billie fing unwillkürlich an zu flüstern, als sie Lou und Motte das Zeichen gab, ihr zu folgen. Gebückt hasteten sie auf den Ausgang zu. Motte zog die Tür hinter ihnen zu. »Und jetzt?«

Direkt vor ihnen kam zischend ein großer Lkw mit Anhänger zum Stehen. Die drei Mädchen sprangen intuitiv einen Schritt zurück. Benzingeruch lag in der Luft.

»Am besten, wir gehen zum Bus«, schlug Billie vor. »Vielleicht kann eure Großmutter meinen Vater ja dazu bringen, seine Sammeldosen wieder wegzupacken.«

Sie umrundeten die Raststätte, und gerade als sie die vordere Ecke erreichten, ließ sie ein klöterndes Geräusch zusammenfahren. »Bitte unterstützen Sie unser Winterprogramm für Obdachlose!«, hörten sie die Stimme von Billies Vater.

An der Tanksäule, die ihnen am nächsten war, stand ein großer Geländewagen. Billie deutete auf den Wagen. »Da lang«, flüsterte sie.

Gemeinsam überquerten sie die Fahrbahn vor der Raststätte und tauchten hinter dem Geländewagen ab. Hier konnte sie der Hirte auf keinen Fall sehen. Wieder ließ ihr Vater die Münzen in der Büchse klimpern. »Haben Sie vielleicht eine kleine Spende für unser Notprogramm für Obdachlose!«, fragte er ein vorbeieilendes älteres Ehepaar.

Von ihrem Versteck aus konnten die Mädchen nicht hören, was der Mann antwortete, aber sie sahen, wie er seine Frau schnell durch den Eingang schob, ohne Billies Vater überhaupt anzusehen. Im nächsten Moment kam eine Mutter mit zwei kleinen Kindern aus der Raststätte. Auch sie lief an dem Hirten einfach vorbei.

»War doch klar, dass ihm hier keiner was gibt«, presste Billie hervor.

Motte und Lou wechselten einen besorgten Blick.

»Wollen wir zu Grandmère?«, fragte Lou leise.

»Oder zum Bus?«, schlug Motte vor.

»Gleich«, erwiderte Billie, die kurz davor war, aus ihrem Versteck zu ihrem Vater zu laufen. Wie konnte er auch nur so bescheuert sein, vor einer Raststätte zu sammeln! Das konnte doch nur danebengehen! Wieder ging die Tür auf. Billie hielt die Luft an.

»Eure Großmutter«, atmete sie auf, als sie Frau Jacobi erkannte, die mit einer voluminösen Papiertüte und zwei Pappbechern aus der Raststätte kam.

Bitte, bitte, bitte, dachte Billie. Lass ihn mitgehen.

Und tatsächlich nahm der Hirte nicht nur einen der großen Becher, sondern schlenderte mit Frau Jacobi zurück in Richtung Parkplatz.

Als sie sich alle am Bus wiedertrafen, verstaute der Hirte die Sammelbüchsen gerade wieder hinten im Kofferraum. »Wo habt ihr so lange gesteckt?«, erkundigte er sich, als sie von der anderen Seite auf den Bus zugelaufen kamen. »Wir wollten doch gemeinsam sammeln.«

»Och Rosa musste sich noch frisch machen«, sagte Billie leichthin.

»Nächstes Mal helfen wir Ihnen«, versprach Lou, die immer noch ein schlechtes Gewissen hatte, dass sie Billies Vater alleingelassen hatten.

Herr Sander nickte ihr zu. »Danke, Lou. Hier war wohl ohnehin nicht der ideale Ort, um Menschen anzusprechen.« Er warf die Kofferraumklappe zu und legte Billie den Arm um die Schulter. »Heute Abend versuchen wir es noch mal!«

»Noch mal?«, entfuhr es Billie. »Aber du sagst doch selbst, dass es an Raststätten keinen Sinn macht!«

»Stimmt, aber ich dachte, wenn wir heute Nachmittag bei Wolf ankommen, können wir dort im Dorf noch eine Sammelrunde machen.«

»Muss das sein, Papa?«

Der Hirte lächelte sie an, bis Billie den Kopf senkte. Was hätte sie auch darauf erwidern können?

Grandmère reichte die Tüte mit den Croissants rum. »Möchtest du auch eine Stärkung?«, fragte sie Rosa.

Rosa zögerte. »Ich weiß nicht.« Sie schnupperte an der Tüte. »Die riechen schon lecker, aber nicht, dass es gleich wieder losgeht.« Sie zupfte eine Plastiktüte aus ihrer Jackentasche. »Im schlimmsten Fall habe ich dieses Mal aber eine Tüte.«

»Na, großartig«, stöhnte Billie.

»Du musst bestimmt nicht noch einmal spucken«, machte Lou ihr Mut.

»Darauf möchte ich es aber nicht ankommen lassen«, sagte Billie und schnappte Rosa die Tüte aus der Hand. »Zu futtern gibt es erst wieder etwas, wenn wir angekommen sind.«

»Soll ich verhungern?«, fragte Rosa mit gespielter Verzweiflung.

»Ich halte auf jeden Fall kein zweites Mal ein Handtuch unter, wenn du das Kotzen kriegst!«

»Könnt ihr bitte mal das Thema wechseln?«, fragte Motte mit vollem Mund. »Ich esse!«

Grandmère nahm Billie sanft die Tüte aus der Hand. »Ich bin sicher, deine Freundin war überhaupt nur schlecht, weil sie vor der Fahrt noch nichts gefrühstückt hatte.«

Sie holte ein Croissant aus der Tüte und gab es Rosa. »Bon appétit, meine Liebe. Und falls dir wieder ungut wird, halte ich einfach auf dem Seitenstreifen an.«

15. Song

Une valse á mille temps

Nachdem Grandmère den Sitz ein Stück näher zum Steuer gerückt hatte, fuhr sie los. Das flache schwarze Band der Autobahn verwandelte sich bald in sanfte Wellen, die stetig anwuchsen, je näher sie Kassel kamen. Die Fahrt erinnerte Motte immer mehr an eine Achterbahn. Bei jedem Abhang nahm Grandmère Schwung, um den VW-Bus dann mit rasselndem Motor die nächste Steigung hochzutreiben.

»Allez, allez, allez«, rief Grandmère.

Motte bemerkte als Erste, wie der Lkw vor ihnen immer näher kam.

»Will der hier einschlafen?«, schimpfte Grandmère.

»Hrmm.« Billies Vater räusperte sich. »Äh, wollen Sie nicht einen Gang runterschalten?«

»Runterschalten??«

Nun klebten sie beinahe an der Stoßstange des Lasters.

»Ich glaube nicht, dass wir ihn überholen können«, versuchte Billies Vater es noch mal.

Da hat er recht, dachte Motte. Auf der linken Spur heizten die Fahrzeuge mit so hoher Geschwindigkeit vorüber, dass Grandmère unmöglich dorthin ausweichen konnte.

»Ein wenig mehr Courage!«, sagte Grandmère und scherte, ohne mit der Wimper zu zucken, nach rechts auf den Seitenstreifen aus.

Herr Sander fuchtelte nervös mit den Händen in der Luft. »Marlene! Sie können doch nicht rechts überholen! Wir haben Kinder an Bord!«

Grandmère schaltete einen Gang hoch, sodass der Motor ein hohes Pfeifen von sich gab. »Und wo soll ich sonst überholen, Bernie? Sehen Sie eine andere Möglichkeit? Ich nicht!«

Sie gab Gas.

Mit angehaltenem Atem beobachteten Motte und Lou, Billie und Rosa, wie sie ganz langsam an dem Lkw vorbeizogen. Als Grandmère vor dem Lkw wieder einscherte, blitzte hinter ihnen die Lichthupe auf.

Grandmère hob die Hand zum Dank. »Merci beaucoup!«

»Das ist ja noch mal gut gegangen«, murmelte Herr Sander.

Grandmère warf einen Blick in den Rückspiegel. »Alles klar im Passagierraum?«

»Können Sie das noch mal machen?«, fragte Billie.

»Auf gar keinen Fall!«, erwiderte ihr Vater und blickte zu Rosa. »Schon vergessen, dass deine Freundin reisekrank ist.«

»Och, mir geht's eigentlich ziemlich gut, Herr Sander«, meinte Rosa.

Die Mädchen lachten.

»Siehst du!«, sagte Billie zu ihrem Vater.

»Das schockt schon«, grinste Motte.

»Ich glaub, für Hilde ist das nicht so gut«, mischte Lou sich ein. »Ihr wisst doch, Hilde ist schon fast dreißig. Nicht, dass sie uns auseinanderbricht.«

»Chérie, mach dir keine Sorgen. Diese alten Wagen sind viel robuster, als man glaubt! Die können etwas vertragen!«

»Ich will Ihnen gar nicht widersprechen«, setzte Billies Vater an.

»Dann tun Sie es bitte auch nicht«, gab Grandmére sehr höflich zurück.

»Es ist nur, Lous Vater hat mich ausdrücklich gebeten, dass die Motortemperatur nicht über 90° kommen darf.« Bernie zeigte auf die Anzeige, wo der Zeiger im roten Bereich um die 110° zitterte.

»Bon, ein paar Grad mehr oder weniger«, lächelte Grandmère und griff neben sich in ihre Tasche. »Das stört keinen großen Geist. Und irgendwann wollen wir doch auch ankommen, n'est-ce pas?«

»Jaha, aber ...«

Grandmére reichte ihm eine CD. »Könnten Sie die bitte einlegen!«

Billies Vater legte die CD ein und schwieg. Im nächsten Moment war der VW-Bus von französischer Musik erfüllt. *»Au premier temps de la valse toute seule tu souris déjà. Au premier temps de la valse je suis seul, mais je t'apercois ...«*, sang Grandmère mit ihrer tiefen Stimme mit.

Motte stöhnte leise auf. Sie hatte dieses Chanson schon viele Male mit Grandmère gehört, wenn sie sie abends in ihrer Dachgeschosswohnung in der Villa besuchte. Ihre Großmutter stand total auf diese französischen Schnulzen.

Billie drehte sich zu ihnen nach hinten. »Versteht ihr, was er singt?«

»Nö, ich hab ja Spanisch«, zuckte Rosa die Schultern.

Lou kniff die Augen zusammen und hörte angestrengt zu. »Ist schwer so ohne Text.«

Überrascht stellte Motte fest, dass sie diesmal die Übersetzerin war. »Das heißt so ungefähr: Schon beim ersten Walzertakt bist Du da – allein – und lächelst mir zu. Schon beim ersten Takt des Walzers bin auch ich da und lächle ein Du.« Sie machte eine kurze Pause, um ihre Worte wirken zu lassen.

»Lächle ein Du?«, wiederholte Billie stirnrunzelnd.

Motte blickte zu Rosa. »Und Paris, das dazu den Takt schlägt.«

Rosa tat so, als würde sie ein Schlagzeugsolo hinlegen.

Motte fuhr fort. »Ja, Paris misst unser Gefühl. Und Paris, das dazu den Takt schlägt, murmelt ein Du, ein Du, ein Du ... Tralala, tralala, tralala.«

»Boah, ist das schrill!«, stöhnte Billie.

»So ist Jacques Brel!«, seufzte Grandmère genießerisch, die annahm, Billie meinte es als Kompliment, und schaltete noch einen Gang hoch. »Zu dieser Musik kann ich gleich dreimal so schnell fahren.« Sie drehte den Kopf zu Billies Vater. »Nicht wahr?«

Motte sah, wie Herr Sander einen besorgten Blick auf die Temperaturanzeige warf. Die Nadel war inzwischen auf 120° gestiegen.

»Marlene, könnten wir nicht trotzdem ein wenig auf die Temperatur achten?«

Grandmère nahm eine Hand vom Steuer und wiegte sich zu der schneller werdenden Musik. »Ach Bernie, was zählt, ist nur der Rhythmus!«

»Grandmère, die Spur!«, stieß Lou hervor.

»Hoppala«, lachte ihre Großmutter nahm das Steuer wieder in beide Hände und lenkte den Wagen in die Mitte der Spur zurück. »Wenn wir in unserem eignen Rhythmus sind, beginnt alles zu schwingen.«

Motte hatte von Monsieur Brel eindeutig genug und wollte sich gerade ihren MP3-Player nehmen, als es in ihrem Rucksack dreimal piepte. Das war *ihr* Handy! Zum Glück sang Jacques Brel so laut, dass die anderen es nicht mitbekommen hatten. So unauffällig wie möglich holte sie ihr Handy heraus. *Hi Motte,* las sie. *Ich hoff, du hast 'ne coole Reise. Viel Erfolg bei der EPA und lasst es krachen! Jo.* Mottes Herz klopfte schneller. Jo! So kürzte doch Josch seine Nachrichten ab! Motte las die SMS noch einmal von vorn. Was sollte das denn bedeuten? Sie gab Lou ein Zeichen und reichte ihr das Handy. »Lies mal!«

Lou überflog die SMS. Überrascht lächelte sie Motte an. »Wie süß!«, wisperte sie zurück.

Motte wollte ihr Handy wieder im Rucksack verschwinden lassen, als Rosa sich zu ihnen umdrehte. »Findet ihr nicht auch, dass es komisch riecht.«

Billie lehnte sich weit über die Lehne. »Louhu, hast du wieder ein Brot ausgepackt?«

»Nö!« Lou und schnupperte. »Riecht aber wirklich ein bisschen komisch.«

Motte ließ ihre Tasche zurück in den Fußraum gleiten. »Irgendwie angebrannt.«

Da fiel Billies Blick auf das Handy in Mottes Hand. »Wer war's denn?«, erkundigte sie sich und musterte Motte mit zusammengekniffenen Augen.

»Nicht so wichtig«, nuschelte Motte.

Billie war nun echt die Letzte, mit der sie über Joschs SMS sprechen wollte.

»Hey, du wirst ja ganz rot!«, stellte Billie fest.

»Quatsch«, sagte Motte und wollte das Handy wegstecken, doch in diesem Moment piepte es zum zweiten Mal.

»Willst du nicht nachsehen, von wem die Nachricht ist?«, fragte Billie neugierig.

Motte zögerte. »Ist bestimmt von meiner Mutter.« Sie öffnete die SMS. *Meld mich wieder.* Mottes Hände flatterten so, dass es ihr nicht gelang, das Handy festzuhalten, als Billie es ihr mit einem »Zeig mal!« aus der Hand zupfte.

»Meld mich wieder!«, las sie laut vor. »Olalala, ich dachte, wir Popkörner haben keine Geheimnisse voreinander!«

Motte streckte auffordernd die Hand nach ihrem Handy aus. »Billie! Dimm deine Fantasie runter! Josch hat uns nur eine gute Reise gewünscht!«

»Uns?«, fragte Billie mit einem elfenhaften Augenaufschlag.

»Wo kommt dieser Qualm her?«, fragte Grandmère in diesem Moment.

Nun bemerkten auch die vier Mädchen die schwelende Rauchwolke, die zwischen den Vordersitzen aufstieg.

»Verdammt! Das ist die Schaltung! Sie hat Feuer gefangen!«, rief Herr Sander.

»Es brennt!« Grandmère sah mit schreckerfülltem Gesicht auf die Schaltung neben sich.

»Feuer!«, schrien die Mädchen durcheinander. »Feuer!«

»Nur keine Panik!«, sagte Herr Sander mit ruhiger Stimme. »Nur keine Panik!«

Motte griff in ihre Hosentasche, wo sie bis vor Kurzem immer eine Schachtel Streichhölzer aufbewahrt hatte. Ihre Finger fanden den kühlen Glücksstein und sie umschloss ihn aufatmend. »Ich war das nicht!«

Grandmère wandte sich an Lou. »Cherie, habt ihr einen Feuerlöscher im Bus?«

»Nein, Grandmère, ich glaube nicht!«

Nun sah Motte, wie Billies Vater sein Sweatshirt über den Kopf zog.

»Ich muss die Abdeckung runternehmen«, erklärte er. »Können Sie anhalten, ohne zu schalten?«

Grandmère umfasste das Steuer fest, steuerte auf den Seitenstreifen und bremste. Mit einem Ruck kam der Bus zum Stehen. Grandmère schaltete den Warnblinker ein. »Ich stelle das Warndreieck auf.« Sie drehte sich zu den Mädchen um. »Schnell, steigt auf der Beifahrerseite aus!«

Eilig kletterten die vier aus dem Wagen.

»Kommt, raus hier!«, rief Lou.

Billies Vater hatte seine Tür geöffnet und so konnten die Mädchen sehen, wie er die Abdeckung abhob.

»Papa, pass auf!«, rief Billie.

Ein paar kleine Flammen züngelten nach oben. »Nicht so schlimm«, hörten sie ihn sagen und schon presste er seinen Pulli mit dem Aufdruck »ER *ist meine Rettung*« über die Flammen und erstickte das Feuer.

16. Song

Die Kräuterfrau

Nachdem das Feuer gelöscht war, staunten die vier Popkörner, als Billies Vater die Abdeckung einfach wieder über den Schalthebel stülpte und sich hinter das Steuer setzte. »Du willst jetzt doch nicht weiterfahren?«, fragte Billie erstaunt.

»Sollten wir nicht besser die Pannenhilfe rufen?«, schlug Grandmère vor.

»Ich glaube, wenn wir vorsichtig fahren, ist es in Ordnung«, erwiderte der Hirte und drehte den Schlüssel im Zündschloss. Hildes Motor knatterte fröhlich los. »Hört ihr? Es ist alles in Ordnung. Los, steigt ein!«, forderte er die Mädchen auf, die zögernd eine nach der anderen in den Bus kletterten.

Nur Motte stand noch draußen am Straßenrand. »Kann es auch wirklich nicht noch mal brennen?«, fragte sie besorgt. Die Erinnerung daran, wie schnell aus einem kleinen Feuer plötzlich ein unkontrollierbarer Brand wurde, steckte ihr noch in den Knochen.

Grandmère lächelte. »Keine Sorge, Chérie, dieses Mal passen wir besser auf, dass der Motor nicht zu heiß wird.«

So kletterte Motte zu Lou auf die zweite Rückbank und Grandmère setzte sich auf die Beifahrerseite. Die restliche Strecke behielt sie die Temperaturanzeige sorgsam im Auge.

Da die Nadel schon bei Tempo 100 leicht über 90° anstieg, entschieden sie und der Hirte, die Autobahn zu verlassen und stattdessen die Landstraße zu nehmen. Denn auch wenn Hilde eine wirklich robuste VW-Bus-Dame war, wollten sie ihr Glück nicht überstrapazieren. So fuhren sie mitten durch das oberhessische Hügelland. Wie eine ausgewickelte Lakritzschnecke wand sich die schmale Straße hier zwischen ausgedehnten Wäldern hindurch.

Der Regen setzte ganz plötzlich ein. Innerhalb weniger Minuten verbarg der Himmel seine blaue Bühne hinter nassen grauen Vorhängen. Die Tropfen liefen in Bächen über die Seitenfenster und vorne an der Windschutzscheibe kämpften die Scheibenwischer gegen die Wassermassen an.

»Nach meiner Karte müsste hier der Abzweig nach Unterkalbach kommen«, sagte Grandmère und warf einen prüfenden Blick durch die Scheibe.

»Könnt ihr ein Schild entdecken?«, fragte sie die Mädchen.

»Nein.« Lou wischte über ihr Fenster. »Die Scheiben sind total beschlagen.«

»Ich fürchte, ich bin irgendwo falsch abgebogen«, sagte der Hirte.

»Haben wir uns verfahren?«, fragte Rosa.

Billie beugte sich über die Lehne zu ihrem Vater. »Warum fährst du nicht mit unserem Navi?«

Der Hirte lachte. »Wir haben keinen Empfang.«

»Na super!«, stöhnte Motte auf.

»Vielleicht sollten wir umdrehen, bis wir an eine Stelle kommen, die ich auf der Karte wiederfinde«, schlug Grandmère vor.

»Umdrehen?«, fragte Billie wenig begeistert. »Du kennst doch den Weg, Papa.«

Ihr Vater räusperte sich. »Die letzten Male war Wolf immer bei uns in Hamburg. Und als wir ihn zuletzt besucht haben, war es sonnig, wir sind über die Autobahn gefahren und außerdem ist es zehn Jahre her.«

»Ich denke, wir sollten umdrehen«, sagte Grandmère.

»Wartet mal, was ist das da?«, meldete sich Motte zu Wort und zeigte auf den Umriss, der sich dunkel durch den Regenschleier am Straßenrand abhob.

Aus der Nähe konnten sie erkennen, dass es ein Obst- und Gemüsestand war. Der Regen prasselte so heftig auf das Dach, dass es vibrierte. Billie schob die Bustür auf. »Ich frag nach dem Weg!«, rief sie und sprintete durch den strömenden Regen zu dem Stand, dass das Wasser von ihren Sohlen hochspritzte.

Connis Kräuter und Blumen stand in verblassten Buchstaben auf dem Schild. Auf dem Auslagentisch stapelten sich Kürbisse, kleine gelbe mit riffeliger Schale und medizinballgroße in dunklem Orange. An der Seite standen in Metallkannen leuchtende Sonnenblumen und von der Decke hingen Bündel getrockneter Kräuter herab.

»Hallo?«, rief Billie. »Hallo!«

Da erst bemerkte sie die Frau, deren Kopf sie zwischen den Kürbissen zunächst nicht gesehen hatte. Sie hatte die gelbe Kapuze ihrer Regenjacke über den Kopf gezogen und zwischen ihren Fingern klemmte eine kleine Pfeife.

»Hab ich etwa Kundschaft?« Sie stand von ihrem Gartenstuhl auf.

»Guten Tag!«, begrüßte Billie sie erleichtert. »Wir wollen nach Unterkalbach und haben uns total verfahren.«

Die Frau atmete eine silberne Rauchschlange aus und sah zu dem VW-Bus hinüber. »Fahrt ihr zum Wolf Simmer?«

»Ja«, erwiderte Billie überrascht. »Wir wollen bei ihm übernachten. Aber woher wissen Sie ...?«

Die Frau wies mit dem Kinn auf den VW-Bus. »Leute, die solche Wagen fahren, wollen fast immer zum Wolf.«

»Kennen Sie ihn denn?«

»Den Wolf kennt hier jeder«, stellte die Frau fest. »Er ist der einzige Pfarrer im Umkreis von hundert Kilometern, der einen großen silbernen Ohrring trägt, und außerdem ist seine Frau, die Rosanna, eine meiner besten Kundinnen.«

»Dann können Sie mir erklären, wie wir zu ihm kommen?«

Die Gemüsehändlerin wiegte den Kopf. »Erklären? Nein.«

Billie tastete in ihrer Hosentasche nach ihrem Portemonnaie. »Wir kaufen auch etwas.« Sie griff nach einem der kleinen gelben Kürbisse. Wenn sie der Frau etwas abkaufte, war sie bestimmt bereit, ihr den Weg zu erklären.

»Mädchen, steck das Geld wieder weg!«, befahl die Kräuterfrau. Sie klopfte ihr Pfeifchen aus. »Der Wolf wohnt genau auf der anderen Seite des Eichwaldes, ziemlich abgelegen. Ich werde euch den Weg zeigen.«

17. Song

Rosanna und der Wolf

Die Gemüsefrau hatte recht gehabt, dachte Billie, während sie ihr mit dem VW-Bus über einen holprigen Waldweg folgten. Sie hätten den Weg zum Wolf nie allein gefunden. Offenbar hatte sie das Navi ihres Vaters erst in die falsche Richtung geführt und dann hatten sie durch die schlechte Sicht die Orientierung ganz verloren. Vor dem Gemüsestand wendeten sie und fuhren die Landstraße einige Kilometer zurück, bis der grüne Transporter der Kräuterfrau in eine noch kleinere Straße abbog und vom dichten grünen Wald verschluckt wurde. Billies Vater hatte Mühe hinterherzukommen.

»Papa, wir dürfen sie nicht verlieren!«, sagte Billie.

Lou, Motte, Rosa und Billie starrten angestrengt durch die Windschutzscheibe, die von innen beschlagen und von außen von endlosen Regenfäden bedeckt war.

»Wir verlieren sie schon nicht«, beruhigte sie ihr Vater und bog hinter dem Transporter in den Laubwald ein. »Ich hoffe nur, sie kennt den Weg wirklich«, wandte er sich an Grandmère. »Ich habe jedenfalls definitiv keine Ahnung, wo wir hier sind.«

»Im schlimmsten Fall kehren wir auf die Hauptstraße zurück«, sagte Grandmère. »Und fahren bis zur nächsten Ortschaft weiter.«

Der Hirte nickte.

Nun konnten die Popkörner den Transporter wieder vor ihnen auf dem Waldweg sehen.

»Papa, sie hat gesagt, dass Rosanna zu ihren besten Kundinnen gehört«, sagte Billie. »Sie kennt den Weg.«

Lou lächelte Billie dankbar an. »Was für ein Glück, dass du sie an dem Stand gefunden hast!«

Rosa steckte sich eine ihrer homöopathischen Reisetabletten unter die Zunge. »Ich hoffe nur, wir sind bald da.«

»Ist dir wieder schlecht?«, fragte Motte und sah sich suchend nach der Tüte um, die sie für den Fall der Fälle bereitgelegt hatten.

Rosa schluckte mühsam. »Bei der Schaukelei.«

Billie zog ein Kaugummi aus ihrem Rucksack und gab es Rosa. »Es kann nicht mehr weit sein.«

»Hoffentlich.« Rosa steckte sich das Kaugummi in den Mund.

»Wollt ihr auch eins?«, fragte Billie und hielt die Packung Lou und Motte hin.

Die zwei nahmen sich einen Streifen.

Bald lichteten sich die Bäume und sie fuhren hinter dem Transporter aus dem Wald heraus. Hier fiel der Regen sanfter und sie konnten die Wiesen entlang der Straße gut erkennen. Ein Stückchen weiter tauchte ein lang gestrecktes weißes Haus mit grünen Fensterläden auf.

»Ha, das gibt es doch nicht!«, rief Billies Vater aus. »Da vorn ist es!«

Noch während der Hirte und Grandmère der Gemüsefrau herzlich dankten, dass sie ihnen den Weg gezeigt hatte, kam ihnen eine schmale Frau vom Haus entgegen. Über ihrem verwaschenen blauen Kleid trug sie eine grüne Strickjacke und ihre Haare fielen in weichen Wellen bis zur Taille. Dicht hinter ihr kamen eine gefleckte Ziege und ein Hund mit struppigem Fell angetrabt.

»Ciao, Bernado? Wir versuchen schon den ganzen Nachmittag, euch zu erreichen!«

»Rosanna!« Billies Vater lachte. »Mein Handy hatte keinen Empfang. Mein Navi auch nicht ...«

Die zwei umarmten sich herzlich, dann wandte sich Rosanna der Gemüsefrau, Grandmère und den Popkörnern zu.

In den nächsten Minuten erfuhren die Mädchen nicht nur, dass die Frau, die sie gerettet hatte, Cornelia hieß und eine der letzten Kräuterfrauen des Eichwaldes war, sondern außerdem, dass Rosanna, Wolfs Frau, aus Apulien stammte, auf dem Pastorat eine kleine Ziegerei betrieb und dass Wolf auf der Wiese bei der Jurte war, um das Wasser von der Plane ablaufen zu lassen.

»Was ist eine Jurte?«, fragte Motte, während sie Rosanna und der Kräuterfrau, Billies Vater und Grandmère, der Ziege und dem zotteligen Hund um das Haus herum zum Eingang folgten.

»Eine Jurte?« Billie beschlich eine Vorahnung. »Das ist eine Art Zelt, das zum Beispiel auf Pfadfinderfreizeiten benutzt wird.«

Motte wich einer der Pfützen aus, die sich auf dem Weg gebildet hatten. »Hey, bin ich froh, dass wir keine Pfadfinder sind.«

»Wieso?«, fragte Lou. »Zelten ist lustig!«

Motte verdrehte die Augen. »Im Sommer ist es vielleicht lustig. Im Herbst ist es nur kalt und gruselig!«

Rosa ließ sich auf den leeren Stuhl fallen, der auf der Terrasse stand. »Mir ist alles egal, Hauptsache, es schaukelt nicht.«

Billie wollte gerade etwas erwidern, als ein hochgewachsener Mann über die Wiese hinter dem Haus auf sie zukam und winkte. In seinem linken Ohr blitzte ein silberner Ohrring. »Herzlich willkommen!«, rief er ihnen zu. »Kommt, ich hab die Jurte für euch fertig gemacht!«

Es war eine geräumige Jurte. Auf jedem der vier Feldbetten lag ein dicker Schlafsack. Und links und rechts vom Eingang hatte der Freund ihres Vaters eine dicke Plane auf dem Gras ausgebreitet. »Damit eure Taschen nicht feucht werden«, hatte er gesagt, bevor er zum Haus gegangen war, um Billies Vater zu begrüßen.

Billie suchte sich das Bett direkt neben dem Eingang aus. Sie hatte oft genug im Zelt übernachtet, um zu wissen, wie blöd es war, wenn man nachts über die anderen klettern musste, wenn man mal rauswollte. »Kommt ihr, unsere Sachen holen?«

Rosa saß zusammengekauert auf dem Bett daneben. »Würd es euch was ausmachen, ohne mich zu gehen? Mein Bauch ist immer noch nicht okay.«

»Immer noch nicht?«, fragte Billie. »Hoffentlich hast du nicht MD.«

»MD?«, wiederholte Lou fragend.

»Magen-Darm«, sagte Motte, die noch immer im Eingang der Jurte stand.

Rosa schüttelte den Kopf. »Ne, ist kein Magen-Darm. Es zieht einfach total fies in meinem Bauch.«

Lou stand auf. »Lass uns trotzdem besser zu meiner Großmutter gehen. Sie hat bestimmt etwas gegen Bauchdrücken dabei.«

Rosa kam hoch. Zusammen mit Lou verließ sie das Zelt. »Bis gleich.«

Billie suchte Mottes Blick. »Na, dann holen wir unsere Sachen für die Nacht rüber. Ist ja nicht viel.«

Motte stand unschlüssig da. »Ich hab echt kein' Bock, hier draußen zu pennen.«

»Du warst noch nie zelten, oder?«, fragte Billie.

»Wozu auch?«, erwiderte Motte und wischte mit ihrem Fuß über den Rasen. »Ist doch alles nass hier. Und heute Nacht wird es bestimmt schweinekalt. Warum können wir nicht wie die anderen im Haus schlafen?«

»Mein Vater und Wolf dachten bestimmt, uns gefällt es, wenn wir hier die Jurte für uns haben.«

Irgendwo ganz in der Nähe der Jurte quakte ein Frosch.

Motte stöhnte. »Außerdem hier gibt es bestimmt jede Menge Krabbeltiere.«

Billie legte den Kopf schief und den Arm um Mottes Schulter. »Das Schlimmste, was passieren kann, ist, das du nachts auf eine Kröte trittst.«

»Boah!« Motte schüttelte sich.

»Aber wenn du mir jetzt hilfst, die Sachen vom Bus zu holen, leih ich dir meine Taschenlampe.«

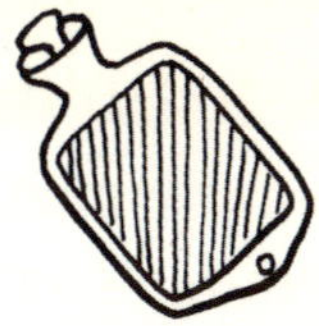

18. Song

Tat, Wahrheit, Pflicht

Motte kuschelte sich tief in ihren Schlafsack. Nicht nur ihre Arme und Füße fühlten sich wieder wohlig an, sondern auch in ihrem Innern war jetzt alles warm. Billie hatte darauf bestanden, ihr ihren Kapuzenpulli für die Nacht zu leihen. Rosa hatte aus ihrem Rucksack ein Paar Wollsocken gekramt, und als Motte in der feuchtkühlen Abendluft immer noch fröstelte, war Lou kurzerhand aus ihrer roten Jogginghose geschlüpft und hatte sie Motte gegeben. Erst hatte Motte sich Gedanken gemacht, ob die anderen nicht frieren würden. Aber Lou hatte nicht einmal ihren Schlafsack zugemacht. Rosa hatte noch die Wärmflasche, die Rosanna ihr gegen die Bauchschmerzen mitgegeben hatte, und Billie schwenkte trotz ihrer nackten Arme so viel mit der Taschenlampe herum, dass Motte sich schließlich entspannt auf ihr Feldbett sinken ließ. Von draußen klang das sachte Rauschen der umstehenden Bäume zu ihnen herein. Und ganz gedämpft flogen auch ein paar Wortfetzen zu ihnen von der Terrasse des Hauses, wo die Erwachsenen noch zusammensaßen.

Der Strahl der Taschenlampe leuchtete Motte an. »Schläft sie etwa schon?«, hörte sie Billie flüstern.

Motte hielt sich eine Hand schützend vor die Augen und stützte sich auf den rechten Ellenbogen. »Nein.«

»Wollen wir Tat, Wahrheit, Pflicht spielen?«, schlug Billie vor.

Lou und Rosa waren natürlich gleich einverstanden. Motte blinzelte zu Billie. »Aber keine Fiesheiten und nichts, wozu ich meinen Schlafsack verlassen muss.«

»In Ordnung, Frostbeule«, grinste Billie und blickte zu Rosa. »Tat, Wahrheit oder Pflicht?«

»Und wieso fängst du an?«, fragte Motte.

»Eine muss doch anfangen«, erwiderte Billie gelassen und wandte sich wieder an Rosa.

»Also, was nimmst du?«, hakte sie nach.

Rosa pustete nachdenklich in ihren Teebecher. »Wahrheit.«

Billie tat so, als müsse sie einen Moment überlegen. »Küsst David gut?«

Lou und Motte gluckten auf. Ja, das war eine typische Billie-Frage.

»Ähm ...« Rosa schien ein Stück tiefer in ihrem Schlafsack zu versinken. »Find ich schon«, flüsterte sie kaum hörbar. Sie drehte sich zu Lou. »Hast du schon mal einen Jungen ... geküsst?«

Lou warf den Kopf nach hinten und lachte laut los. »Hilfe, nein!« Nun sah sie zu Billie. »Was ich dich schon immer fragen wollte.« Lou versuchte vergeblich, mit dem Lachen aufzuhören. »Wie war das eigentlich im Frühling beim Konzert der Fjordies? Hast du Josch damals einen Kuss gegeben?«

Motte wäre am liebsten aus dem Schlafsack gesprungen und weggelaufen. Weshalb musste Lou in den alten Geschichten rumwühlen? Aber sie blieb liegen, ohne sich zu rühren.

»Meinst du, als er mich zum Kino eingeladen hat?«, fragte Billie und schwenkte das Licht zu Lou.

»Ja, unter dem Laubengang. Habt ihr oder nicht?«

»Du musst die Wahrheit sagen!«, erinnerte Rosa sie.

Billie zog eine Grimasse. »Seh *ich* so aus, als würde ich einen Frosch küssen? ... Nein!«

Auf Mottes Gesicht machte sich ein Lächeln breit. Josch hatte Billie also wirklich nie geküsst!

»Jetzt ist Motte dran«, hörte sie Billies Stimme. »Tat, Wahrheit oder Pflicht?«

»Wahrheit«, antwortete Motte schnell.

»Und was ist mit dir? Bist du noch in den Josch-Frosch verliebt?«

»Billie, vielleicht will sie nicht darüber reden«, sprang Lou Motte bei.

»Sie hat Wahrheit gesagt«, beharrte Billie.

»Ich, öh, äh, hm ...« Motte wand sich in ihrem Schlafsack. War sie immer noch in Josch verliebt? Erst kam nur ein Nicken, dann gab sie sich einen Ruck und sah Billie direkt in die Augen. »Ja, bin ich und ich weiß auch, in wen du verknallt bist!«

»Hab ich Wahrheit gesagt?« Billie stoppte sie mit einer Handbewegung. »Ich nehme Pflicht.«

»Wie du willst«, grinste Motte. »Dann bist du für die nächste Minute ein ausgehöhlter Halloweenkürbis!«

»Wie?!«

Die Aufgaben, die sie einander stellten, wurden mit jeder Runde verrückter: Rosa musste als verliebte Stubenfliege durchs Zelt summen. Lou dreimal um die Jurte laufen und lauthals *»Von einem andern Stern«* singen. Motte bekam die letzte Aufgabe. »Erzähl uns eine Gruselgeschichte!«, forderte Rosa sie auf.

»Ja, Motte kennt die besten Schauergeschichten«, wisperte Lou.

»Seid ihr sicher, dass ihr eine gruselige Geschichte wollt?«, fragte Motte mit tiefer Stimme.

Eine Zeit lang waren ihre kleinen Brüder nachts zu ihr gekommen und sie hatte ihnen Geistergeschichten erzählt, aber das hier war irgendwie anders. Sie übernachteten in einer halb offenen Jurte, mindestens hundert Meter vom Haus entfernt. Hier konnte sich eine Gruselgeschichte ganz anders entfalten. Motte streckte Billie die Hand entgegen. »Die Taschenlampe«, sagte sie und dann senkte sie ihre Stimme zu einem Flüstern:

»Es geschah an einem dunklen Abend.« Motte ließ den Lichtstrahl langsam über die Zeltwand wandern. »Das blasse Mädchen war auf dem Weg zu ihren Großeltern, die einen abgelegenen Bauernhof bewirtschafteten. Der Bus, der sie aus dem Tal und zu dem Hof bringen sollte, kam nicht. Das blasse Mädchen wartete über eine Stunde, aber der Bus kam immer noch nicht. Da beschloss sie, das letzte Stück des Weges zu Fuß zu gehen. ›Es sind nur drei Stationen‹, sprach sie sich selbst Mut zu. ›Es ist nicht weit.‹ So ging sie allein die dunkle Straße hinunter, die in den Wald führte. Das trockene Gras knisterte unter ihren Schritten. Die kahlen Zweige der Bäume schlugen im Wind gegeneinander. Sonst war alles still, als hielte der Wald den Atem an. Ohne nach links oder rechts zu sehen, hastete das Mädchen weiter, weiter, bis sie zu der ersten Bushaltestelle kam. Sie wollte schon vor Erleichterung aufatmen, da fiel ihr Blick auf den blutroten Schriftzug, der quer über die Wand des Häuschens lief: *Kehr um, bevor es zu spät ist!*

Motte leuchtete einmal von Bett zu Bett. Lou, Billie und Rosa starrten sie gespannt an.

»Aber das blasse Mädchen dachte, ich habe den halben Weg doch schon geschafft. Warum soll ich umkehren?«, fuhr Motte fort. »So ging sie weiter. Mit jedem Schritt wurde es dunkler.« Motte knipste die Taschenlampe aus. »Endlich entdeckte das Mädchen die zweite Bushaltestelle. Langsam kam sie näher. Sie versuchte, nicht hinzusehen, aber ihr Blick wurde wie von einer unsichtbaren Kraft direkt auf das riesige schwarze Kreuz gelenkt, das auf das Glas gesprüht war. *Von hier aus führt kein Weg zurück!*, stand darunter. Das blasse Mädchen schauderte. Aber nun war sie wirklich fast da. Sie begann zu laufen, als gelte es ihr Leben. Von allen Seiten rückte der dunkle Wald näher. Etwas Dunkles flog kreischend über sie hinweg. In diesem Augenblick hörte sie hinter sich Motorgebrumm. Das Mädchen drehte sich um. Der Bus!

Er kam doch noch! Hell erleuchtet. Sie brauchte nicht mehr durch die Dunkelheit zu laufen. Sie winkte und ja, er hielt direkt neben ihr. Am Steuer saß eine gebeugte Gestalt in gelbem Regenmantel ...«

»Die Kräuterfrau«, entfuhr es Rosa.

»Das ist echt gruselig«, kam es von Lous Feldbett mit gepresster Stimme.

»Lasst sie weitererzählen«, flüsterte Billie.

»Das Gesicht der Frau war ganz unter der Kapuze verborgen und um ihren Hals hing an einem schwarzen Lederband eine kleine Pfeife. Das Mädchen stieg ein und sah durch den Bus. Sie war der einzige Fahrgast. Und noch etwas fiel ihr auf: Es gab keine Halteknöpfe. In dem Moment, als es ihr bewusst wurde, fuhr der Bus bereits an der dritten Haltestelle vorbei. ›Ich muss hier raus!‹, wollte sie sagen. Aber sie hatte keine Stimme mehr. Aus ihrer Kehle kam nur ein leises Keuchen. Da hörte sie die dumpfe Stimme der Busfahrerin: ›Ich bringe dich direkt zum Hoooooof.‹

Das weiße Haus ihrer Großeltern lag auf der Kuppe des Hügels. Noch einmal schöpfte das blasse Mädchen Hoffnung. Doch kein Licht brannte. Das Haus lag da wie ein weißer Knochen. ›Ich habe ein Bett für dich gemaaaacht‹, sagte die Gestalt und schubste sie an dem Haus vorbei in den Garten. Auf der Wiese, weit ab vom Haus stand ein kleines, geducktes Zelt. ›Dort schläfst duuuu. Dort findest du Ruuuh!‹

Wieder versuchte das Mädchen zu rufen. Wieder blieb ihre Stimme im Halse stecken. Wieder spürte sie diese

Kraft, die sie zwang, in das Zelt zu schlüpfen und sich in den Schlafsack zu legen, der dort auf etwas Hartem lag. Die Gestalt huschte ihr hinterher und begann, den Reißverschluss zuzuziehen.«

Motte machte ihren Reißverschluss ganz langsam auf. *Rrrrrrrrr.* »Das Mädchen«, flüsterte sie, »konnte keinen Finger rühren. Immer weiter zog die andere den Reißverschluss zu. Bis zum Hals, bis zur Nase, dann schob sie ihre Kapuze zurück. Für einen Moment starrte das blasse Mädchen in zwei weiße, tote Augen, dann verschloss der Geist den Schlafsack über ihrem Kopf.« Motte machte eine Pause. »›Hier schläfst duuuu! Hier, am Grund des Brunnens findest du ewige Ruh!‹ Mit einem Knirschen öffnete sich die hölzerne Luke. Und das blasse Mädchen fiel in den tiefen, tiefen Brunnen hinab in ihren Tod!«

Lou, Rosa und Billie konnten kaum atmen. Da knipste Motte die Taschenlampe an und leuchtete eine nach der anderen an. »Seit damals steigt der Geist des blassen Mädchens Nacht für Nacht aus seinem Brunnen und sucht jemanden, den es zu sich hinabziehen kann.«

19. Song

Ein springendes Reh

Hast du Rosa gesehen?«, fragte Billie Lou, die ihr über die taufrische Wiese entgegenkam.

»Ich dachte, sie ist bei euch im Bus.«

»Schön wär's!« Billie blickte suchend von der Jurte zum Brunnen. »Bestimmt hat sie der Brunnengeist geholt.« Mottes Gruselgeschichte war auch Billie so unter die Haut gegangen, dass sie fast die ganze Nacht kein Auge zugetan hatte.

»Hör bloß auf damit!«, rief Lou. »Ich bekomm schon eine Gänsehaut, wenn ich bloß daran denke.«

»Hier schläfst duuuuuuu! Hier findest du ewige Ruuuuuh!«, imitierte Billie Mottes Tonfall.

»Ich konnte überhaupt nicht einschlafen. Überall hat es geraschelt und gequietscht«, seufzte Lou.

»Rosanna meinte, dass es die Ziegen waren, die über die Wiese gelaufen sind«, sagte Billie.

»Also ich hab super geschlafen!«, sagte auf einmal eine Stimme hinter ihnen.

Billie fuhr erschrocken zusammen. »Motte, verdammt, schleich doch nicht so rum!«

»Wir wollen los!«, sagte Motte mit einem zufriedenen Funkeln in den dunklen Augen.

Von vorn ertönte mehrmals die Hupe.

»Rosa fehlt«, klärte Lou sie auf.

Motte hakte sich bei Lou und Billie ein. »Ich weiß nicht, in was für einem Film ihr seid, aber Rosa steht mit den anderen hinter dem Haus und wartet, dass die letzten zwei Popkörner an Bord kommen.«

»Aber eben war sie doch noch wie vom Erdboden verschluckt«, widersprach Billie, die sich von Motte mitziehen ließ. »Eure Oma und mein Vater wussten auch nicht, wo sie ist.«

Motte zeigte auf den Platz, wo der VW-Bus parkte. Etwas abseits von ihrem Vater, Grandmère und Wolf standen Rosa und Rosanna und unterhielten sich.

Billie hatte den Eindruck, dass Rosa ihrem Blick auswich. »Wo warst du?«, fragte sie, als sie gemeinsam in den Bus stiegen. »Wir haben dich überall gesucht!«

Rosa schien ziemlich durcheinander zu sein. »Tut mir leid«, sagte sie. »Ich, ich hab noch kurz mit Rosanna geredet.«

Billie, Lou und Motte wechselten einen fragenden Blick. Doch ehe sie ihre Freundin weiter löchern konnten, löste Grandmère die Handbremse. Billies Vater hatte das Fenster runtergekurbelt. »Tschüss! Und auf bald!«

»Noch eine gute Reise«, rief Rosanna ihnen nach.

»Und nicht über 90°!«, flachste Wolf.

Grandmère ließ ratternd den ersten Gang kommen. »Auf keinen Fall!«

Dann fuhren sie los. Billie und Rosa, Lou und Motte winkten, bis das weiße Haus und die zwei Gestalten davor ganz verschwunden waren.

Herr Sander stellte das Radio an, um die Verkehrsnachrichten zu hören. Grandmère hatte ihm ihre Karte gegeben, auf der sie am Abend gemeinsam die restliche Strecke markiert hatten. Sie hatten sich vorgenommen, für die restlichen dreihundert Kilometer eine kleinere Bundesstraße zu nehmen, wo sie Hildes Lieblingstempo von 80 gut fahren konnten.

Hinten auf der Rückbank zupfte Billie Rosa am Ärmel. »Was war denn los?«

Lou beugte sich zu ihnen über die Lehne der Bank. »Wir dachten schon, der Brunnengeist hätte dich geholt!«

»Nein.« Rosa schraubte nervös an der Thermoskanne herum. »Rosanna hat mir noch einen Tee gekocht. Gegen, gegen meine Reisekrankheit.«

»Hör doch auf!« Billie nahm ihr die Kanne ab. »Also als ich in der Küche war, warst du nicht da!«

Rosa begann, an ihrem Fingernagel zu knabbern.

Motte zog die Beine an und setzte sich in den Schneidersitz. »Ist was mit David?«, fragte sie mit leiser Stimme.

Rosa schüttelte den Kopf. »Nein, nein – alles paletti.« Sie nagte an ihrer Unterlippe und musterte ihre drei Freundinnen eine nach der anderen. »Ihr könnt mich ja sowieso nicht in Ruhe lassen«, seufzte sie und zog ihren Rucksack aus dem Fußraum hoch. Bevor sie ihn öffnete, hielt sie kurz inne. »Das ist höchste Geheimhaltungsstufe, ist das klar!«

»Ja. In Ordnung«, murmelten die anderen.

Rosa reichte Billie als Erste ihren Rucksack. Billies Augen wurden rund. »Aber ... hast du sie etwa schon?«

Das konnte doch nicht sein! Rosa war schließlich ein ganzes Jahr jünger als sie, schoss es Billie durch den Kopf. Sie gab den Rucksack zu Lou und Motte nach hinten. Auch die beiden starrten überrascht auf die Packung Damenbinden, die zwischen Rosas Tuch und ihrem Buch lag.

Unwillkürlich steckten die vier die Köpfe näher zusammen.

»Ist es auf der Fahrt losgegangen?«, fragte Lou leise und gab Rosa den Rucksack zurück.

Rosa nickte, ohne sie anzusehen. »Heute Morgen.« Sie zog noch einen kleinen Beutel hervor. »Cornelia hat mir noch einen Kräutertee mitgegeben.«

Billie fühlte eine Mischung aus Neid und Faszination in sich hochsteigen. Ihr war nie schlecht und Bauchschmerzen bekam sie höchstens, wenn sie eine zweite Portion Pommes aß. »Wie kann das sein?«, flüsterte sie. »Du bist doch erst elf!«

»Wir sind fast zwölf«, stellte Motte klar, die genau wie Rosa ein Jahr nach Billie und Lou geboren war.

»Bei manchen Mädchen geht die Periode früh los«, sagte Lou.

»Pscht!!!«, machte Rosa.

»Kannst du über das P.-Thema bitte leiser sprechen«, kicherte Billie.

»Was hast du gesagt?«, fragte da ihr Vater und drehte sich zu ihnen um.

Ertappt fuhren die vier auseinander. »Gar nichts, Papa!«

»Oh, wie peinlich!«, stöhnte Rosa auf.

»Er hat nichts mitbekommen«, raunte Billie ihr zu. »Aber ich denke, wir vertagen das Thema, bis wir für uns sind.«

Obwohl sie das P.-Thema den ganzen Vormittag nicht mehr anschnitten, flirrte es zwischen ihnen, und als Grandmère sich bei der ersten Pause bei Rosa erkundigte, was ihre Reisekrankheit machte, brachen sie in wildes Gekicher aus.

Billie wurde zunehmend aufgeregter und kam sich vor wie die Hauptfigur in einem Film, die kurz davor war, ihr Ziel zu erreichen. Den ganzen Vormittag waren sie so gut über die Landstraße vorangekommen, dass es jetzt nur noch siebzig Kilometer bis München waren. Sie sah auf ihre Uhr. Bis drei Uhr würden sie locker in München sein und rechtzeitig zur Eröffnungsveranstaltung der Popakademie kommen.

Während ihr Vater und Frau Jacobi sich ein letztes Mal am Steuer abwechselten, diskutierten die vier, mit welchen Songs sie in die Workshops gehen wollten.

Lou blätterte den Stapel Noten durch, der vor ihr auf der Bank lag. »Ich hab mit Felix ein paar Beatles-Songs geübt. Die müssten wir zusammen hinbekommen.«

»Zeig mal die Noten«, sagte Motte.

»Und was ist mit Nirvana?«, fragte Rosa.

»Find ich ehrlich gesagt zu schwierig«, meinte Lou.

Billie sah von dem Notizheft auf, das auf ihren Knien

lag. »Wenn ihr mich fragt, sollten wir nur unsere eigenen Songs spielen!«

»Unsere zwei Songs?«, schnaufte Motte. »Ist das nicht ein bisschen mager?«

»Immerhin sind es zwei ziemlich geniale Songs«, gab Lou zu bedenken.

»Seh ich auch so«, nickte Rosa. »Qualität geht vor Quantität.«

Billie schob sich demonstrativ den Bleistift hinters Ohr. »Deshalb schreib ich gerade unseren dritten Song!«

»Was?!« Nun waren die anderen drei komplett aus dem Häuschen. Ja, diese Überraschung war Billie wirklich gelungen.

»Und wie geht der Text?«, wollte Rosa wissen.

»Sing doch mal vor!«, bat Lou.

Billie klappte schnell ihr Heft zu. »Ich bin doch noch ganz am Anfang!«

Motte kniff skeptisch die Augen zusammen. »Lou ist unsere Songschreiberin!«

»Ich hab kein Problem damit«, beteuerte Lou. »Ganz im Gegenteil. Ich fänd es spitze, wenn eine von euch mitmacht.«

»Macht doch zusammen weiter«, schlug Rosa vor.

Damit am Ende doch wieder Lou diejenige war, die die Lorbeeren erntete? Nein, diesen Song wollte Billie allein schreiben. »Ich glaub, diesen Song schreib ich lieber allein.«

»Dann verrat uns wenigstens, worum es geht«, forderte Motte sie auf.

»Um Geister«, antwortete Billie.

»Heißt das, du schreibst einen Gruselsong?«, staunte Rosa.

Billie überlegte noch, wie viel sie von ihrer Idee verraten wollte, als ihr Vater vorn plötzlich »Achtung! Festhalten« schrie.

Im nächsten Moment sah Billie ein Reh direkt vor dem Bus über die Fahrbahn springen. Seine schmalen Hufe schienen kaum den Boden zu berühren. Die Bremsen quietschten, der Bus kam von der Fahrbahn ab, rutschte über den schmalen Seitenstreifen und landete im Graben!

Billies Vater atmete schwer aus. »Himmel, war das knapp!« Er drehte sich zu Grandmère, die sich bereits zu den Mädchen nach hinten gewandt hatte.

Leicht benommen, aber zum Glück unversehrt, saßen alle vier Mädchen auf ihren Plätzen.

»Was war das denn?«, japste Lou.

»Uns ist ein Reh vor den Wagen gesprungen«, sagte Grandmère.

»Haben wir es erwischt?«, fragte Rosa besorgt.

Billies Vater schüttelte den Kopf. »Ich konnte gerade noch ausweichen.« Er öffnete seine Tür. »Ich schau mal nach, wie wir hier wieder rauskommen.«

20. Song

Wenn der Schutzengel pennt

Wie vier Hühner auf der Stange hockten Billie, Rosa, Lou und Motte nebeneinander auf dem Grünstreifen und starrten fassungslos auf den VW-Bus, der mit beiden Vorderrädern im Wasser stand. Die hinteren Räder hatten sich bei dem Versuch, den VW-Bus aus dem Graben zurückzusetzen, tief in den weichen Boden gefahren. Sie saßen fest. Grandmère hatte ihr kleines Adressbuch hervorgeholt und blätterte suchend durch die Seiten. »Merde! Ich war ganz sicher, dass ich mir die Nummer aufgeschrieben hatte.«

»Welche Nummer?«, fragte Motte.

Grandmère blickte aus ihrem Buch auf. »Von der Mini-Pannenhilfe.« Sie blätterte weiter. »Aber ich kann sie nicht finden.«

Ein paar Meter weiter schritt Herr Sander mit dem Telefon am Ohr hin und her. »Gott sei Dank, dass ich Sie erreiche ... Ja, ich musste einem Reh ausweichen und bin bei diesem Manöver in einem Graben gelandet ...« Wieder hörte er der Stimme auf der anderen Seite des Telefons zu. »Hm ... genau, wir stehen zehn Kilometer vor ...«

Die Mädchen spitzten die Ohren, um kein Wort zu verpassen. Herr Sander blieb abrupt stehen. »Wie bitte?! In drei bis vier Stunden! Aber können Sie den Abschleppwagen nicht früher ...«

Als ihr Vater auf sie zukam, sah Billie, dass er sich um ein Lächeln bemühte, aber es war ein klägliches Lächeln. »Tut mir leid, Mädels. Sieht so aus, als würden wir hier bis heute Abend festsitzen.«

Billie sprang auf. »Aber die Popakademie beginnt in einer Stunde! Wir müssen los!«

Herr Sander lächelte müde. »Die Pannenhilfe hat keinen Abschleppwagen frei, Schatz. Wir haben keine Wahl, als zu warten.«

Billie schnappte nach Luft. »Dann rufen wir eben einen anderen Pannendienst an! Oder die Feuerwehr! Wir bestellen einen Hubschrauber!«

»Können wir denn gar nichts tun?«, wandte Lou sich hoffnungsvoll an Grandmère, die gerade ihr kleines schwarzes Handy aus ihrer Handtasche zog. »Nun, ich denke, wir können nicht mehr tun, als bei der Popakademie Bescheid zu geben, dass wir uns um ein paar Stunden verspäten.«

»Aber heute Nachmittag werden die Teilnehmer auf die Workshops verteilt!«, stieß Billie verzweifelt hervor.

Grandmère hielt ihr das Handy hin. »Umso wichtiger, meine Liebe, dass du anrufst, damit ihr berücksichtigt werden könnt.«

»Und wenn sie uns ausschließen?«, fragte Billie.

Rosa trat zu Billie und legte den Arm um sie. »Das war

doch höhere Gewalt. Deswegen können sie uns nicht ausschließen.«

Motte, die die Broschüre aus dem Bus geholt hatte, überflog die Rückseite. »Hier ist die Nummer.« Sie sah zu Billie. »Soll ich oder willst du anrufen?«

Billie schluckte und nahm das Handy. »Ich mach das. Ich hab uns schließlich auch angemeldet.«

Billie versuchte, ihre Lage so plastisch wie möglich zu schildern, aber Herr Stark, der Leiter der Popakademie ließ sie kaum zu Wort kommen. Ja, er würde notieren, dass die Popkörner sich verspäteten. Nein, er könne keine Plätze in speziellen Kursen reservieren. Am Ende des kurzen Gesprächs forderte er Billie noch auf, dass sie sich nach ihrer Ankunft bei ihm melden sollten, und legte auf.

Billie starrte auf die schwarzen, ausgeschnittenen Blumen, mit denen der weiße VW-Bus rundherum beklebt war. Obwohl sie den Bus von Lous Familie schon oft gesehen hatte, hatte sie nie bemerkt, dass zwischen den Blumen auch kleine Tiere versteckt waren. Vor einer besonders großen Blüte flatterte ein winziger Kolibri und zwischen den Blättern waren zwei Mäuse und ein Igel versteckt. Lous Mutter hatte sich mit der Verzierung des Busses wirklich Mühe gegeben.

So schleppten sich die Stunden dahin. Es wurde drei Uhr, vier Uhr, fünf Uhr und jedes Mal, wenn ihr Vater wieder bei der Pannenhilfe anrief, um sich zu erkundigen, wann endlich ein Wagen für sie frei wäre, kam er hinterher kopfschüttelnd auf sie zu. »Noch nicht ...«

Der Hirte versuchte natürlich wie immer, das Beste aus der Lage zu machen. Es sei ein Glück im Unglück gewesen, dass weder ihnen noch dem Reh etwas zugestoßen war. Ja, da hätten sie einen großen Schutzengel gehabt. Von wegen Schutzengel, dachte Billie. Der hatte ja wohl eindeutig gepennt, denn sonst säßen sie jetzt wohl kaum im tiefsten Bayern auf einer einsamen Landstraße fest, sondern wären schon längst in München bei der Eröffnungsfeier der Popakademie! Es war zum Heulen!

Es dunkelte bereits, als die Scheinwerfer des Abschleppwagens endlich auf sie zukamen. Schnell war der Haken hinten unter der Stoßstange befestigt, und während Herr Sander vorsichtig steuerte, zog der Abschlepper sie aus dem Graben auf die Straße.

21. Song

Lügen haben kurze Beine

Die vier Freundinnen waren nah zusammengerückt und pressten die Nasen neugierig gegen das Seitenfenster des VW-Busses. In wenigen Augenblicken sollten sie die Popakademie erreichen. Billies Vater steuerte den Wagen den Hügel hinauf.

»Ist sie das?«, fragte Lou.

Motte schob sie ein Stück zur Seite. Ein imposantes helles Sandsteingebäude kam in Sicht.

»Also ich werde mich gleich hinlegen«, sagte Rosa. »Ich kann nicht mehr.« Trotz des Tees, den Rosanna ihr gegen die Unterleibsschmerzen gekocht hatte, fühlte Rosa sich fix und fertig.

»Kommt gar nicht infrage! Du kannst doch nicht unsere Ankunft bei der Popakademie verschlafen«, erwiderte Billie.

Der Bus hielt an. Quer über das Portal des Gebäudes war ein riesiges Banner gespannt: *12. Europäische Popakademie München.* Billies Vater drehte sich zu den Mädchen um. »Wir haben es geschafft!«

»Mit sieben Stunden Verspätung«, murmelte Motte.

Grandmère lächelte sie an. »Gerade noch rechtzeitig, damit ihr euch heute Abend etwas umschauen könnt«, sagte sie und stieg aus dem Bus.

Als Billie mit den anderen Popkörnern die Stufen des Gebäudes hinaufging, kam es ihr beinahe so vor, als schwebe sie über den roten Teppich. Stolz schaute sie zu ihrer Band und erschrak: Lou, Motte und Rosa sahen von der anstrengenden Fahrt ziemlich mitgenommen und auf gar keinen Fall wie vierzehn aus! Über ihre Begeisterung hätte Billie beinahe vergessen, den anderen ihre Sonnenbrillen zu geben.

»Hier, setzt die mal auf«, sagte sie und reichte jeder eine goldene Fliegerbrille.

Motte zog die Augenbrauen zusammen. »Wozu soll das denn gut sein? Hast du Angst, dass wir sonst Paparazzi-Opfer werden?«

Lou hatte ihre Brille schon auf der Nase.

Rosa legte den Kopf schief und musterte sie. »Sieht schon cool aus«, befand sie und setzte ihre Brille auch auf.

»Sag ich doch«, grinste Billie. »Und wem es zu dunkel ist«, sie schob ihre Brille nach oben, sodass ihre Locken wie mit einem Haarreifen nach hinten geschoben wurden, »kann es ja auch so versuchen.«

In diesem Moment schwang die hohe Tür vor ihnen auf und eine Gruppe junger Leute kam ihnen lachend entgegen.

»Das ist bestimmt auch eine Band«, wisperte Lou. »Die sehen ja schon ganz schön erwachsen aus.«

»Allerdings!« stimmte Motte ihr zu.

»Okay, kommt Mädels, melden wir uns an«, sagte Billie und schritt voran. Sie durfte sich das Ruder jetzt auf keinen Fall aus der Hand nehmen lassen. Über der großen Eingangshalle lag ein fröhliches Sprachengewirr. Überall in den Sitzgruppen saßen Mädchen und Jungen zusammen, lachten und redeten mit Händen und Füßen. Auf der rechten Seite entdeckte Billie den Empfang und steuerte darauf zu.

Die junge Frau hinter dem Tresen blickte auf. Billie reckte ihr Kinn vor. »Hey, ich bin Billie. Billie Sander.« Sie machte eine Handbewegung zu ihren Freundinnen. »Wir sind die *Popkörner!*«

Der Blick der Frau glitt über die Gruppe. Billie merkte, wie sie Rosa und Motte einen Moment zu lang musterte.

»Okay …? Dann seid ihr die Band, die unterwegs eine Panne hatte?«

»Leider«, nickte Billie. »Wir sind ganz schön fertig.« Vielleicht konnte sie damit erklären, weshalb einige der Popkörner noch nicht ganz wie 14 aussahen. Es schien zu wirken. Denn nun gingen die Mundwinkel der Empfangsfrau einige Millimeter nach oben.

»Das kann ich mir vorstellen«, sagte sie. »Dann seid herzlich willkommen bei der 12. Europäischen Popakademie! Ich bin Sarah, und wenn ihr während eures Aufenthalts eine Frage habt, könnt ihr euch immer an mich wenden!«

»Ich würde sehr gern auf unser Zimmer gehen«, meldete Rosa sich zu Wort. »Ich …«

Billie ließ sie nicht ausreden. »Wir gehen gleich hoch. Aber ...«, sie wandte sich wieder an Sarah, »... gibt es noch eine Möglichkeit, dass wir uns für die Kurse eintragen?«

Sarah legte die Schlüssel auf den Tisch. »Die Listen hängen links vor der Treppe an den Stellwänden. Da könnt ihr euch gerne eintragen.«

»Wen haben wir denn hier?«, hörte Billie auf einmal eine vertraute Stimme.

»Felix«, krächzte Billie und sah in zwei grünbraune Augen, die sie spöttisch anblickten. »Ich ... wir ... äh ...«, stotterte sie.

»Ist es nicht toll, dass wir auch dabei sind?«, strahlte Lou ihren Gitarrenlehrer vollkommen ahnungslos an. »Seht mal, da sind ja auch die Fjordies«, rief sie und winkte der anderen Band zu.

Billie nahm die Zimmerschlüssel vom Tresen. »Vielen Dank, Sarah«, sagte sie und lächelte Felix zu. »Willst du uns nicht zeigen, wo die Workshoplisten hängen?«

Schon zog sie Felix vom Tresen weg.

Ihr Vater trat zu ihr. »Kommt ihr allein klar? Marlene und ich brauchen eine kleine Stärkung.«

»Klar, Papa.«

Der Hirte steuerte auf die Bar zu. Felix beugte sich zu Billie. »Ich weiß nicht, wie du es geschafft hast, hier reinzukommen, Billie. Aber nehmt euch vor Herrn Stark in Acht. Der lässt sich nicht so leicht etwas vormachen.«

Billie schenkte ihm ihren schönsten Augenaufschlag. »Ich weiß nicht, was du meinst.«

»Oh doch«, grinste Felix.

»Hey, was willst du denn mit den Küken?«, rief einer der Fjordies quer durch die Lounge.

Rosa schob ihre Sonnenbrille hoch und starrte Billie an. »Was meinen die damit?«

»Na, was wohl? Dass wir hier ganz offensichtlich mit Abstand die Jüngsten sind«, sagte Motte.

Billie dachte noch an die coolen Klamotten, die Perücken und Hüte, die Glitzergürtel und die BHs, die sie eingepackt hatte. Wenn sie die anderen morgen erst mal aufgerüscht hatte, würde sie niemand mehr für zu jung halten. Es war höchste Zeit, dass sie sie einweihte!

»Ich finde, wir sollten uns doch erst morgen für die Kurse eintragen«, sagte sie und griff nach ihrem Trolley. Als sie sich umdrehte, stand direkt hinter ihr ein Mann mit raspelkurzen Haaren, einem Tattoo auf dem Oberarm und verstellte ihnen den Weg. *»Ihr* seid also die Popkörner?«

Billie gefiel überhaupt nicht, wie er sie und ihre Freundinnen musterte.

»Hm. Lassen Sie uns mal durch. Wir hatten eine ziemlich anstrengende Reise und wollen morgen für die Workshops fit sein.«

Der Mund des Mannes wurde noch schmaler. »Ich bin Paul Stark, der Leiter der Popakademie.«

Scheiße!, hätte Billie fast gesagt, aber sie schluckte das Wort gerade noch runter. »Dann haben wir telefoniert!«, sagte sie stattdessen so locker wie möglich. »Ich hoffe, wir haben noch nicht zu viel verpasst.«

Der Leiter brachte sie mit einem Blick zum Schweigen. Dann wandte er sich an die anderen Popkörner. »Ich werde das Gefühl nicht los, dass ich hier irgendwie im falschen Film bin.« Er musterte Rosa eingehend. »Wie alt bist du?«

Billie stieß innerlich ein Stoßgebet aus. *Bitte, lieber Gott, lass sie einmal lügen. Nur einmal! Ich werde auch immer die Hälfte meines Taschengelds spenden!*

»Rosa, dir geht es doch nicht gut«, sagte Billie, nur um etwas Zeit zu gewinnen.

Herr Paul ließ Rosa nicht aus den Augen. »Diese eine Frage kannst du mir doch noch beantworten.«

»Wieso? Ich bin fast zwölf.«

Die Falte zwischen Paul Starks Augenbrauen vertiefte sich.

»Und du?«, wandte sich der Leiter an Motte.

»Ich auch.«

»Wir haben alle am selben Tag Geburtstag«, fuhr Lou dazwischen. »Nur dass Billie und ich ein Jahr älter sind.«

Der Leiter holte ein Papier hervor. Billie erkannte, dass es der Bewerbungsbogen war, den sie an die Popakademie geschickt hatte.

»Wie kann es dann sein, dass hier steht, dass ihr alle vierzehn seid?«

Für einen Moment hing die Frage wie eine bedrohliche Wolke über Billie, dann prasselten die Fragen auf sie nieder. »Aber wie ist das möglich?«, fragte Lou, die mal wieder viel zu freundlich war, um zu erkennen, was auf der Hand lag.

»Das ist nicht wahr?«, stieß Rosa hervor, die noch eine Spur blasser geworden war.

Doch Motte nickte grimmig. »Scheiße, Mann Billie! Warum musst du immer wieder solche Alleingänge machen?«

»Ich wollte doch nur, dass wir bei der Akademie mitmachen können! Ich wollte es euch noch sagen, aber dann ist auf der Fahrt so viel schiefgegangen. Da hab ich den richtigen Moment nicht erwischt.«

»Offensichtlich«, stieß Motte hervor.

Billie drehte sich zu Herrn Stark. »Ist es denn so wichtig, wie alt wir sind? Unsere Songs sind doch wirklich gut.«

In diesem Moment merkte sie, dass ihr Vater und Frau Jacobi zu ihnen gekommen waren.

»Gibt es ein Problem?«, fragte der Hirte, der sofort die bedröppelten Gesichter der Mädchen bemerkte.

»Gehören Sie zu den Popkörnern?«, erkundigte sich der Akademieleiter.

»Ja«, nickten der Hirte und Grandmère.

»Dann muss ich Ihnen sagen, dass diese Mädchen NICHT an der Popakademie teilnehmen werden.«

»Was?!«, entfuhr es Billie. »Das können Sie nicht machen!«

»Darf ich fragen, wie Sie zu dieser absurden Entscheidung kommen?«, mischte Grandmère sich nun ein. »Wir sind durch ganz Deutschland gefahren, damit die Mädchen hier mitmachen können. Sie haben eine Zusage!«

»Nein, die haben sie nicht. Wir nehmen keine Bands, die ihre Bewerbungsunterlagen fälschen.«

Lou, Motte und Rosa blickten zu Billie, die sich auf die Lippe biss.

»Billie?«, sagte ihr Vater.

Billie hob den Blick. »Ja, ich hab uns älter gemacht«, gab sie zu. »Sonst hätten wir doch keine Chance gehabt!« Warum konnte das niemand verstehen? Ihr Vater schüttelte unmerklich den Kopf und wandte sich dann wieder Herrn Stark zu. »Ich entschuldige mich für meine Tochter. Es ist klar, dass sie unter diesen Umständen nicht mitmachen dürfen. Aber wäre es trotzdem möglich, dass wir diese Nacht hier übernachten?«

»Das sollte kein Problem sein. Wir hatten die Zimmer ja für Sie und die Mädchen vorbereitet.«

Er sah wieder zu Billie. »Und für die Zukunft, Billie: Du hast recht, eure Songs sind richtig gut. So gut, dass wir euch gern genommen hätten, wenn du die Altersangaben wahrheitsgemäß ausgefüllt hättest.«

22. Song

Der große Krach

Entschuldigt, dass ich etwas für unsere Band tun wollte!«, fauchte Billie.

Nachdem der Akademieleiter mit ihnen fertig gewesen war, hatten der Hirte und Grandmère sie zu ihrem Zimmer gebracht. Ihr Vater wollte natürlich sofort mit ihr sprechen, aber Frau Jacobi hatte ihn zum Glück stoppen können. Sie fand, dass die Mädchen zunächst allein über die Angelegenheit reden sollten. Schließlich hatte es ja für sie die größten Auswirkungen.

»Toll, was du für unsere Band *getan* hast!«, stieß Motte wütend hervor. »Ich bin echt begeistert. So ein kleiner Ausflug nach München für nichts und wieder nichts. Wirklich ganz große Klasse!«

Rosa, die zusammengekauert auf ihrem Bett saß, jammerte. »Und dafür verpasse ich jetzt Davids Geburtstag!«

Billie spürte, wie der Frust, so kurz vor ihrem Ziel gescheitert zu sein, sie überrollte. Wessen Schuld war es denn, dass dieser bescheuerte Leiter sie von der Akademie ausgeschlossen hatte? »Ja, klar! Heult ruhig rum und gebt mir die Schuld. Ihr hättet doch nur einmal auf die Webpage der Akademie zu gehen brauchen und dann hättet ihr *alle* gewusst, dass man vierzehn Jahre alt sein muss, um hier mitzumachen!« Sie warf Motte einen Blick zu. »Du hattest es doch von Josch gehört, oder? Und als ich dann gesagt habe, wir haben die Zusagen, hast du nicht mehr nachgefragt.« Sie wandte sich zu Lou, die neben dem geöffneten Fenster lehnte. »Und du hast auf der Fahrt sogar die Broschüre gelesen!«

»Stimmt«, gab Lou zu. »Ich hab dir die Sache mit dem Druckfehler eben geglaubt.«

Billie hob die Hände und ließ sie wieder fallen. »Es hätte doch auch geklappt«, sie blickte zu Rosa und Motte. »Wenn ihr zwei hier nicht reingeschlufft wärt wie Kindergartenkinder.«

Motte sprang von ihrem Bett auf. »Du lügst uns alle an. Du fälschst die Bewerbungsunterlagen. Und jetzt willst du uns auch noch die Schuld in die Schuhe schieben?«

Auch Billie stand auf und ging auf Motte zu, sodass sie sich direkt gegenüberstanden. »Ohne euch hätten sie mich auf jeden Fall genommen! Und jetzt muss ich euretwegen wieder nach Hause fahren.«

Mit diesen Worten drehte sie sich um, riss die Zimmertür auf und rannte hinaus.

»Ich will nie wieder etwas mit dir zu tun haben, Billie Sander!«, schrie Motte ihr hinterher. »Nie wieder!«

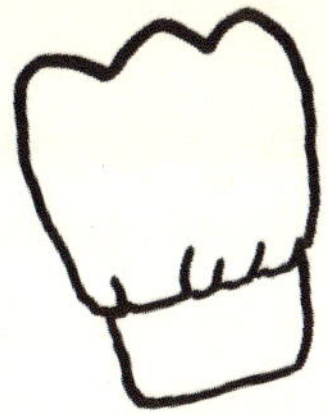

23. Song

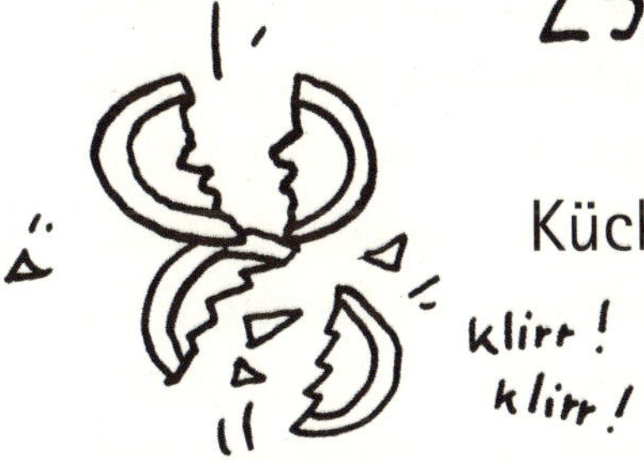

Küchenmucke

»Das ist ja eine schöne Bescherung.« Rosa lag zusammengerollt auf dem Bett. Ihr war so elend. Tief in ihrem Bauch krampfte sich alles zusammen und in ihrem Kopf pochten Billies Worte. *»Ohne euch hätten sie mich auf jeden Fall genommen!«*

Sie sah, wie Lou das Fenster zumachte, zu Motte ging und sich neben Rosa aufs Bett schob. Motte ließ sich widerstandslos neben Rosa fallen. Für eine Weile saßen die drei Popkörner still und erschöpft nebeneinander. Lou war die Erste, die sich wieder fing. »Und jetzt?«, fragte sie. »Wollen wir sie suchen?«

»Auf keinen Fall!«, zischte Motte.

»Es tut ihr bestimmt leid«, versuchte Lou, Billie zu verteidigen.

Motte warf ihren Stein in die Luft und fing ihn wieder auf. »Du hast sie doch gehört, Lou! Der tut es höchstens leid, dass wir mitgekommen sind und ihre große Karriere zerstört haben.«

»Dabei kann sie nicht mal den Takt halten«, sagte Rosa.

»Oder richtig Noten lesen«, schnaufte Motte.

Lou rückte ein Stück von ihnen ab. »Hört auf zu lästern! Das ist nicht fair.«

Motte grunzte. »Und wennschon! Billies Nummer war auch alles andere als FAIR ...«

Rosa kam hoch und richtete sich vorsichtig auf. Da fiel Motte wieder ein, dass Rosa zum ersten Mal ihre Tage hatte und sich ohnehin schon mies fühlte. »Immer noch so schlimm?«

Rosa stand leicht gekrümmt auf und brachte ein schiefes Lächeln zustande. »Geht schon. Ich würde mir nur gern noch einen Becher von dem Tee machen. Der hat ganz gut geholfen.«

Lou reichte Rosa die Hand und zog sie hoch. »Kommt, dann schauen wir mal. Es wird hier sicher irgendwo eine Küche geben.«

Rosa war so wackelig auf den Beinen, dass Lou und Motte sie in ihre Mitte nahmen und unterhakten. Es war schon nach zehn und in den Gängen der Akademie war es etwas ruhiger geworden. Ein älteres Mädchen erklärte ihnen den Weg zur Küche, die hinter dem Hauptgebäude in einem Anbau untergebracht war. Als die drei unten in die große Halle kamen, blieb Lou auf dem unteren Treppenabsatz stehen und blickte suchend zu den Tischen vor der Bar.

»Dahinten ist Grandmère«, sagte sie und winkte ihrer Großmutter zu, die allein an einem der Tische saß. »Billies Vater ist nicht da.«

»Komm weiter!«, sagte Motte.

»Aber Billie …«, widersprach Lou und blieb stehen.

Motte fasste Lou am Arm und zog sie weiter. »Die soll bleiben, wo der Pfeffer wächst!«

»Ich würde jetzt echt gern meinen Tee haben«, quetschte Rosa hervor, die sich gegen eine der Säulen neben der Treppe gelehnt hatte.

»Einverstanden«, nickte Lou und beeilte sich, Rosa und Motte zu folgen. »Und wenn der Tee nicht hilft, besorgen wir dir eine Schmerztablette.«

Rosa hörte die laute Stimme schon, bevor sie die Tür zur Küche öffnete.

»Hast du Kartoffeln auf den Ohren? Ich hab gesagt, du musst das Besteck abspülen, bevor es in die Geschirrspülmaschine kommt!«

»Hier sind wir richtig«, sagte Lou und öffnete die Tür.

Vor ihnen lag eine modern eingerichtete Großküche mit mehreren Herden, gigantischen Töpfen und Pfannen. Den Mädchen blieb der Mund offen vor Staunen. In der Küche sah es aus, als wäre gerade ein Wirbelsturm hindurchgefegt. Auf den Arbeitsflächen türmten sich Geschirrberge, aus den Töpfen ragten verklebte Kellen und Löffel. Zwischen den Arbeitsflächen rannte ein kleiner, drahtiger Mann mit großer Kochmütze hin und her und schrie dem jungen Mann, der an einem der Spülbecken arbeitete, Befehle zu.

»Was machst du denn da?«, rief er und riss ihm einen Löffel aus der Hand. »Du sollst das Besteck v o r s p ü l e n und nicht auf Hochglanz polieren!«

»Verzeihung«, sagte Motte und klopfte gegen den Türrahmen. »Verzeihung.«

Der Koch fuhr herum. »Was zur Hölle ...« Als er die drei Popkörner sah, holte er tief Luft. »Wenn ihr noch hungrig seid, muss ich euch enttäuschen, die Küche bereitet heute keine Extraportionen zu.« Er zeigte auf das Chaos. »Wir haben auch so genug zu tun.«

»Nein, wir wollen nichts essen, Herr ...?«, setzte Lou an.

»Schubert. Franz Schubert – Küchenkomponist«, stellte sich der Koch vor.

Lou blickte zu Rosa rüber, die ihre Teepackung festhielt. »Wir wollten fragen, ob wir uns hier irgendwo Wasser für einen Tee machen können. Unserer Freundin geht es nicht so gut.«

Rosa warf Lou einen warnenden Blick zu. Sie wollte ja wohl nicht noch mehr verraten?

Doch der Koch schien für weitere Erläuterungen ohnehin keine Zeit zu haben, und noch während er den nächsten großen Stapel Teller vom Geschirrwagen nahm, wies er mit seiner Kochmütze in den hinteren Küchenbereich. »Die Wasserkocher stehen neben der Brotmaschine.«

»Vielen Dank«, sagte Rosa.

Vorsichtig bahnten sich die drei ihren Weg durch die Küche, um nicht aus Versehen einen der Geschirrstapel zum Einstürzen zu bringen.

Während Lou Wasser in den Kocher füllte, durchsuchte Motte mehrere Oberschränke nach einem Becher für Rosa.

»Was für ein Chaos«, flüsterte Motte, als sie den Becher gefunden hatte.

Das Wasser blubberte immer lauter, bis der Kocher sich von allein ausschaltete.

Lou füllte Rosas Becher auf. »Das können zwei Leute doch niemals schaffen.«

In diesem Moment schepperte es hinter ihnen laut und mehrere Teller zersprangen auf dem Boden.

»Verdammt!«, fluchte der Koch. »Kannst du nicht besser aufpassen!?«, fuhr er die Küchenhilfe an.

»Verdammt! Wenn Sie alles besser können, machen Sie es doch allein!«, erwiderte der junge Mann gereizt. »Seit heute früh um sieben treiben Sie mich durch die Küche! Wir leben doch nicht mehr im Sklavenzeitalter!«

Der Koch stützte sich an der Arbeitsplatte ab. »Nein, natürlich nicht.« Er schnaufte. »Es tut mir leid, Tom. Ich werde einfach nur wahnsinnig! Da draußen sind hundertdreiundzwanzig hungrige und durstige Teilnehmer und wir sind hier in der Küche nur zu zweit, weil unsere tolle Leitung es nicht geschafft hat, für die ausgefallenen Küchenkräfte Ersatz zu besorgen!!!«

Rosa und Lou wechselten einen Blick.

Motte nahm das Teesieb aus dem Becher. »Zeit, dass wir verschwinden.«

Rosa nahm den Becher. »Warte.« Sie sah zu Lou, die sich den Besen nahm, der ein Stück weiter neben dem Schrank lehnte.

»Lou, du brauchst hier keinen Fegedienst zu übernehmen!«, sagte Motte und stellte sich ihrer Cousine in den Weg.

Lou stupste sie mit dem Besen an. »Hast du nicht gehört? Denen fehlen Leute, die in der Küche mitmachen.«

Motte zuckte die Schultern. »Na und? Was geht das uns an?« Sie versuchte, ein Gähnen zu unterdrücken. »Kommt jetzt endlich! Ich bin hundemüde von der Fahrt und ...«, sie drehte sich zu Rosa. »Unsere Frühentwicklerin sollte sich auch mal in die Waagerechte begeben.«

Lou blickte besorgt zu Rosa. »Hältst du noch einen Augenblick durch?«

»Klaro.«

Motte sah verwirrt zwischen den beiden hin und her. »Könnt ihr mir mal verraten, was hier abgeht?«

Lou blinzelte zu dem Koch und dem Küchengehilfen. »Wenn wir hier in der Küche ein bisschen mithelfen, lassen sie uns vielleicht doch noch bei der Akademie mitmachen!«

»Was?!«, Motte riss die Augen auf.

Lou fegte nun direkt auf den Scherbenhaufen zu, der zwischen den zwei Männern lag. Der Koch wich einen Schritt zurück und musterte sie überrascht. »Ihr seid ja immer noch da!«

Während Rosa und Motte zu ihnen rüberkamen, begann Lou, die Scherben zusammenzufegen.

»Sie haben doch gesagt, dass Sie hier in der Küche Hilfe brauchen.«

Der Koch wischte sich mit seiner Schürze über die Stirn. »Worauf du wetten kannst, Mädchen.«

»Was halten Sie davon, wenn wir Ihnen helfen?«, schlug Lou vor.

»Ihr drei halben Portionen?«

Nun mischte sich der Küchengehilfe ein. »Jede Hand zählt!«

»Ich kann hier doch keine Kinder arbeiten lassen!«, widersprach der Koch. Aber Lou sah, wie er über ihr Angebot nachdachte. »Was macht ihr überhaupt hier? Habt ihr ältere Geschwister bei der Akademie?«

Lou, Rosa und Motte fingen an zu kichern. »Nein«, antwortete Lou. »Wir wollten eigentlich selbst an der Akademie teilnehmen, aber ...« Sie sah Hilfe suchend zu Rosa und Motte.

»Jetzt dürfen wir leider doch nicht, weil ...«, setzte Rosa hinzu.

»... ihr die Band seid, die ihre Anmeldung falsch ausgefüllt hat«, beendete Tom den Satz.

Rosa, Lou und Motte nickten bedröppelt. Es hatte sich also schon rumgesprochen.

Um die Mundwinkel des Kochs zuckte es. »Auf solche Mätzchen steht Herr Stark ja ganz besonders.« Er musterte eine nach der anderen. »Wie heißt eure Band überhaupt?«

»Die Popkörner!«, antwortete Lou wie aus der Pistole geschossen. »Motte ist unsere Keyboarderin, Rosa spielt Schlagzeug, Billie singt und ich spiel Gitarre und ...« Lou blickte auf die Scherben zu ihren Füßen und besann sich. »Wir können abwaschen, abtrocknen und Spaghetti mit Tomatensoße kriegen wir auch hin!«

Der Koch lachte. Dann rieb er sich stirnrunzelnd den Hinterkopf. »Ich kann euch hier trotzdem nicht arbeiten lassen. Ihr seid ja noch nicht einmal vierzehn, nicht wahr?«

Die drei schüttelten den Kopf.

»Nein, aber wir wollen ja auch gar nicht richtig arbeiten, nur ein bisschen *helfen*«, sagte Lou.

Der Koch setzte zu einer Erwiderung an, doch Tom kam ihm zuvor.

»Wenn wir keine andere Unterstützung bekommen und die Mädchen uns nicht helfen dürfen, kündige ich«, sagte er und knallte das Küchentuch auf die Tischplatte. »So einen Tag wie heute mache ich kein zweites Mal mit.«

Der Küchenchef schaute ihn erschrocken an. »Ist ja schon gut«, sagte er zögernd. »Ich spreche mit Herrn Stark.« Dann wandte er sich wieder an die drei Mädchen. »Wollen wir mal schaun, ob die Popkörner küchentauglich sind. Morgen um 6:30 Uhr beginnt euer Dienst.«

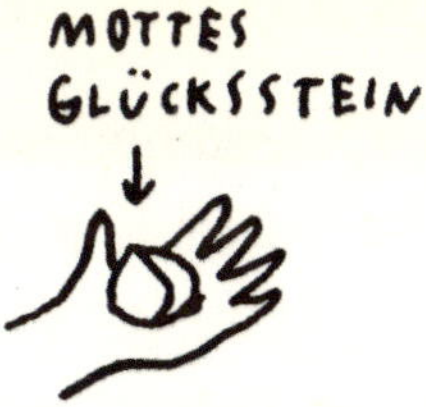

24. Song

Der Hirte nimmt Billie ins Gebet

»Ja, Papa, ich habe wirklich verstanden, weshalb ich mein Alter nicht hochsetzen darf«, sagte Billie, wobei sie es vermied, ihm direkt in die Augen zu sehen. Als sie nach dem Streit mit der Band zurück in die große Halle gekommen war, hatte er sie bereits erwartet und mit auf einen Spaziergang an der Isar genommen. Ihr war natürlich klar gewesen, was er ihr sagen wollte. Er, der immer daran arbeitete, seinen Werten treu zu bleiben, erwartete dies auch von seiner Familie.

»Billie, sieh mich an«, forderte er sie auf.

Es kostete sie ihre ganze Kraft, seinen aufmerksamen Augen zu begegnen.

»Weißt du, es geht nicht nur darum, ein Ziel zu erreichen, sondern auch, wie wir es tun. Es ist nicht egal, welchen Weg du dir aussuchst, weil jeder Weg, den du wählst, dich verändert. Und deshalb möchte ich nicht, dass meine Tochter mit falschen Angaben versucht, sich irgendwo reinzuschummeln.«

»Hm, versteh ich.«

»Soll ich noch einmal mit Herrn Stark sprechen?«

»Bitte nicht!« Allein der Gedanke an den Akademieleiter war Billie unerträglich. Sie hatte hoch gepokert und verloren, aber sie würde nicht vor Herrn Stark im Staub kriechen und ihn um einen Platz an der Akademie anbetteln. Lieber packte sie ihre Siebensachen wieder ein und fuhr zurück.

»Denk auch an die anderen«, erinnerte der Hirte sie. »Vielleicht würden die anderen Popkörner gern bleiben.«

»Ach die«, stöhnte Billie und ging neben ihrem Vater die letzten Stufen zum Eingang der Akademie hoch. Musste er sie jetzt auch noch an die Popkörner erinnern?

Als ihr Vater sich zu Frau Jacobi an den Tisch in der großen Halle setzte, entschied sich Billie, nach oben und duschen zu gehen. Sie wollten diesen Tag abspülen und danach einfach nur noch in ihr Bett fallen. Was auch immer die anderen drei beschlossen hatten – ob sie wieder mit ihr reden oder sie ausschließen würden –, heute hatte sie nicht mehr die Energie, sich damit auseinanderzusetzen.

Erschöpft ging sie zu dem Fahrstuhl, der sich neben den Treppen befand, und drückte den Knopf nach oben. Sie hoffte, dass die anderen schon schliefen und sie unbemerkt ins Zimmer schlüpfen konnte. Die Fahrstuhltüren öffneten sich und Billie war gerade eingestiegen, als sie hinter sich ein Knistern hörte.

Es war Felix, der aus einer großen Tüte Chips aß. »Hey?«, begrüßte er sie und hielt ihr die Tüte unter die Nase. »Willst du?«

Billie nahm sich eine Handvoll. »Danke.« Das war jetzt

also aus ihrem Traum geworden, gemeinsam mit Felix in München bei der Popakademie aufzutreten. Er würde mit den Fjordies bei den besten Workshops mitmachen und sie mit den Popkörnern nach Hause fahren. Felix schien ihre Gedanken zu erraten, denn er hielt ihr die Tüte noch mal hin. »Mega-Pech, dass ihr Paul gleich heute Abend in die Arme gelaufen seid.« Er hielt sich die Hand vor den Mund und hustete.

Zwischen Billies Zähnen knackten die Chips. »Ja.«

Der Fahrstuhl bewegte sich ruckelnd nach oben. »Und, fahrt ihr morgen wieder? Oder bleibt ihr noch so ein paar Tage in München?«

»Nur so?« Billie schüttelte verständnislos den Kopf. »Mein Vater will noch einen Freund besuchen, der hier in der Stadtmission arbeitet, und dann ...«, sie schluckte, »... geht's zurück.«

Er sah sie mitleidig an. »Ich hab dir ja gesagt, die Sache ist 'ne Nummer zu groß für euch.«

Billie lag bereits eine gepfefferte Antwort auf der Zunge, als der Fahrstuhl im zweiten Stock hielt und ein großes Mädchen mit sehr langen schwarzen Haaren einstieg.

»Hola!«, sagte sie und lachte Felix aus dunkelbraunen Augen an.

Das Mädchen war Billie schon bei ihrer Ankunft in der großen Halle aufgefallen. Sie hatte am Tisch der Fjordies gesessen.

Felix hielt dem Mädchen die Chipstüte hin. »Hey Angeles!«

»We are going to the Bass-Club. Will you and your friends come too?«, wandte sie sich an Felix.

»Yes!«, antwortete Felix. »We are coming in five minutes.«

»Welcher Club?«, fragte Billie. Wie dumm von ihr zu fragen, sie hatte doch ganz genau bemerkt, dass Angeles nur Felix und nicht sie angesprochen hatte.

»Billie, das ist nichts für dich. Das ist nur für ...«

»Schon klar«, nickte Billie und schlüpfte aus dem Fahrstuhl. Sie wollte gar nicht hören, für wen der Club war. Für sie, die kleine Schummlerin, auf jeden Fall nicht.

Billie fühlte sich schrecklich müde.

Ganz leise drückte sie die Türklinke runter und hoffte, dass alle Popkörner tief schliefen. Das Zimmer lag im Dunkeln. Billie hörte, wie die anderen gleichmäßig und ruhig atmeten.

Nur durch den Spalt zwischen den Vorhängen floss das Licht einer Straßenlaterne. Rosa lag mit angewinkelten Knien auf der Seite und hatte ihre Decke bis zum Kopf gezogen. Vor Mottes Bett auf dem Fußboden glänzte der grüne Stein, den sie ständig mit sich herumtrug. Er musste ihr im Schlaf aus der Hand gefallen sein. Billie hob ihn auf und legte ihn auf Mottes Nachttisch. Das Hippiemädchen drehte sich im Schlaf um und murmelte etwas Wirres von großen Tellerbergen.

Billie beschloss, das Duschen doch sein zu lassen. Sie war einfach zu müde. Als sie aus ihren Sachen geschlüpft war und die Decke von ihrem Bett zurückschlug, hörte sie etwas rascheln. Auf ihrem Kissen lag ein Zettel. Billie nahm ihn und ging damit zum Fenster. Das Licht der Laterne reichte gerade aus, um die Nachricht, die Lou ihr geschrieben hatte, zu entziffern.

Liebe Billie, wir haben eine Überraschung für dich! Morgen früh aufstehen um sechs Uhr!

Schlaf gut, Lou

Was für eine Überraschung sollte das sein? Weiter unten hatte sie noch ein winziges PS angefügt.

Ich glaube, du solltest dich bei Motte und Rosa entschuldigen.

Billie faltete den Brief zusammen. Für heute hatte sie mehr Ratschläge erhalten, als sie in ihrem ganzen Leben verarbeiten konnte.

PSSST !!

25. Song

Vier zauberhafte Spülfeen

Pscht!«, flüsterte Lou Motte und Billie zu, als sie die Tür zu ihrem Zimmer hinter sich zuzog. Sie und Motte hatten beschlossen, Rosa an diesem Morgen ausschlafen zu lassen. »Ihr ging es gestern echt nicht gut«, sagte Lou. Diese Mädchensache machte Rosa ziemlich zu schaffen.

Motte konnte zwar kaum die Augen offen halten, aber in diesem Punkt war sie ganz Lous Meinung. Rosa brauchte eine Pause. In einem anderen Punkt stimmte Motte allerdings überhaupt nicht mit Lou überein. Sie warf Billie, die im Halbschlaf hinter ihr hertrottete, ihren finstersten Blick zu.

Lou wusste, was in ihrer Cousine vorging. Billies fiese Bemerkung über Mottes mangelnde Größe hatte sie getroffen. Und im Gegensatz zu Lou gehörte Motte zu der nachtragenden Sorte. Es würde sicher ein ganzes Stück Arbeit werden, bis die zwei wieder normal miteinander sprechen konnten. Aber in diesem Moment war auch Lou noch zu müde, um sich darüber Gedanken machen zu können.

Als sie am Küchentrakt ankamen, hielt sie Motte und Billie die Tür auf. »Da sind wir.«

Billie blinzelte in das kalte Neonlicht. »Und was wollen wir hier? Hattest du nicht etwas von einer Überraschung geschrieben?«

Lou zog sie lächelnd mit in die Küche. »Es ist etwas ganz Großartiges passiert!« Weiter hinten an den großen Kaffeemaschinen entdeckte sie Tom, der sein freiwilliges soziales Jahr in der Akademie ableistete. »Hey Tom! Da sind wir!«

Der junge Mann nickte ihnen zu. »Ah, einen zauberhaften guten Morgen an die neuen Spülfeen! Ich bin gleich bei euch!«

Lou wandte sich wieder an Billie. »Wir haben einen Weg gefunden, wie wir doch noch bei der Popakademie mitmachen können!«

Billie wich einen Schritt zurück. »Spülfeen? Was meint er damit?«

Motte, die sich auf den Tritt neben der Tür gesetzt hatte, blickte zwischen ihren dunklen Haaren hindurch. »Überlegen wir mal, was eine Spülfee sein könnte ...«

Lou machte eine Handbewegung, dass Motte still sein sollte. »Wenn wir Tom und Herrn Schubert helfen, dürfen wir bleiben, wenn nicht ...«

»... fahrt ihr nach Hause«, beendete Tom den Satz für Lou. Er sah sich suchend um. »Hattet ihr gestern nicht so ein blasses Popkorn mit blauen Haaren dabei?«

»Rosa kommt nach.« Lou nickte. »Sie war gestern reisekrank. Aber dafür ist ja heute Billie mit dabei.«

Billie tippte sich gegen die Stirn. »*Ich* bin die Sängerin der Popkörner und keine Spülfee!«, plusterte sie sich auf. »Ich, ich werde auf gar keinen Fall in der Küche helfen.«

»Schade«, seufzte Tom kopfschüttelnd. »Eine Spülfee weniger. Dann ist es für dich jetzt wohl an der Zeit, dein Köfferchen zu packen und nach Hause zu fahren.«

»Aber ... aber!«, stammelte Billie.

Von der Seite hörte Lou, wie Motte scharf die Luft einzog.

»Alle, die mithelfen *wollen* kommen mit nach hinten und bekommen von mir das Merkblatt mit den zehn goldenen Küchenregeln.« Mit federnden Schritten ging Tom an den Kühlschränken vorbei, durch eine schmale Tür, die zu einem benachbarten Raum führte.

Motte erhob sich von dem Tritt und folgte ihm.

Billie blieb stehen. »Das ist doch ein Witz!«, sagte sie zu Lou, die ein lila Haargummi aus ihrer Hosentasche fummelte. »Du meinst, vier Popkörner fahren nach München und landen in der Küche?«, versuchte Lou, einen Scherz zu machen. Sie wickelte ihre verstrubbelten Haare am Hinterkopf zu einem Dutt und schob das Haargummi drüber. »Billie, das ist unsere einzige Chance, hier noch irgendwie mitzumachen«, redete sie ihrer Freundin gut zu.

Billie hob eine Augenbraue. »Wo machen wir denn hier mit? Bei der nächsten Kochshow?«

Von hinten rief Motte: »Lou, wir fangen an!«

Lou wippte von einem Fuß auf den anderen. Sie konnte nicht zulassen, dass Billie sich ausklinkte. Nur mit Billie waren sie die Popkörner.

»Es wird schon nicht so schlimm. Herr Schubert hat gesagt, wir haben mehrere Pausen, und dann versuchen wir, uns in einen der Workshops zu schmuggeln.«

In diesem Moment fing direkt hinter ihnen jemand an zu husten.

Lou und Billie fuhren herum. Vor ihnen standen der kleine Küchenchef, der damit beschäftigt war, seine Kochmütze zurechtzurücken, und Herr Stark, der Leiter der Popakademie.

»Das sollen Ihre neuen Küchenhilfen sein?«, fragte er scharf.

»Eine große Auswahl hatte ich ja nicht«, brummte der Koch und warf Lou einen auffordernden Blick zu. »Sie haben mir ja keine neuen Aushilfen beschafft!«

Lou fasste Billie am Ärmel. »Wir müssen jetzt die Küchenregeln lernen!«, sagte sie und zog Billie entschlossen hinter sich her. In der Tür zum Büro blieb sie stehen, um zu hören, wie die Diskussion weiterging.

»Sie wissen es vielleicht nicht, aber ich habe diese Mädchen von der Popakademie ausgeschlossen!«, erklärte Herr Stark. »Wegen Falschangaben.«

»Ja, mei. Des ham mir die Madel doch alles erzählt. Eine kleine Schummelei war des. Aber mir soll's recht sein, Herr Stark. Beschaffen Sie mir andere Aushilfen, dann können Sie die Popkörner sofort nach Haus schicken. Aber vorher net.«

Lou fiel ein Stein vom Herzen, als sie hörte, wie die Tür

zur Küche zugemacht wurde und der Leiter der Akademie von der Bildfläche verschwand, ohne sie rausgeworfen zu haben.

Die nächste Viertelstunde verbrachten sie mit Tom, der ihnen die Küchenregeln erklärte. »Erstens: Ihr geht nicht an die Töpfe! Ich wiederhole: Alle Töpfe, egal welcher Größe, sind für euch tabu! Zweitens: In dieser Küche benutzt nur einer ein Messer und das ist ...?«, er blickte Motte fragend an.

»Herr Schubert«, antwortete Motte prompt.

Tom lächelte zufrieden. »Genau. Und wie lautet die dritte Regel?«, fragte er Billie.

Billie legte den Kugelschreiber zur Seite, mit dem sie auf ihrem Blatt herumgekritzelt hatte. »Öh, die dritte Regel. Ähm, was aus der Küche raus ist, darf nicht wieder rein?«

»Richtig!« Tom tippte auf den Schreibtisch vor sich. »Nehmt eure Ringe, Armbänder und Ketten ab und macht euch einen Zopf, so wie Lou – und dann geht es los!« Er sah auf die Uhr, die links vom Schreibtisch hing. Die Uhr zeigte 6:45 Uhr. »In einer Stunde muss das Frühstück fertig sein!«

In dieser einen Stunde verstand Lou, weshalb eine Stunde aus 3.600 Sekunden bestand, denn als sie zusammen mit Motte den ersten Servierwagen in Richtung Speisesaal schob, hatte sie das Gefühl, mindestens 3.600 Handgriffe getan zu haben. Während Herr Schubert bereits damit begonnen hatte, das Mittagessen vorzubereiten, zeigte Tom ihnen, was für das Frühstück alles zu tun war. »Die Platten für Käse sind in diesem Schrank.« Er schob die linke Schiebetür auf. »Die Platten für den Aufschnitt findet ihr rechts. Die Müslischalen sind oben links, die kleinen Teller in der Mitte und die großen auf der rechten Seite.« Meter für Meter arbeiteten sie sich durch die glänzenden Edelstahlschränke, bis sie das Geschirr und Besteck für hundertdreißig Personen gleichmäßig auf den Wagen verteilt hatten. Sie belegten Platten, füllten Brot- und Obstkörbe, wickelten Butterstücke aus, öffneten Honig- und Marmeladengläser, befüllten die Thermoskannen mit Tee, Kaffee und Kakao und suchten Nutella, die nicht, wie Tom gesagt hatte, neben der Marmelade, sondern zwei Schränke weiter neben den Thunfischkonserven stand.

Auf dem Weg zur Tür drehte Lou sich zu Billie um. »Wenn du mit anfasst, könnten wir zwei Wagen gleichzeitig rüberschieben.«

Billie schüttelte den Kopf. »Ich bin hier noch nicht fertig.«

Motte fasste den Wagen am vorderen Griff. »Lou, kapierst du nicht? Unser Star möchte nicht beim Küchendienst gesehen werden.«

In der Küche schepperte etwas. Der Koch hatte einen Stapel verkrusteter Backbleche ins Spülbecken rutschen lassen. »Billie, ich hab da was für dich!«

Entsetzt blickte Billie auf die fettigen schwarzen Bleche. »Was soll ich denn damit?«

»Was Spülfeen in der Regel machen«, antwortete der

Küchenchef gutmütig und ging mit wippender Kochmütze zurück zu seinem Schneidebrett.

Mottes Augen blitzten vergnügt auf.

Lou schob den Wagen an. »Komm, wir beeilen uns, dann können wir Billie gleich helfen.«

Aber Motte ließ sich nicht hetzen. »Willst du, dass uns die Brötchen runterfliegen?«, fragte sie und brachte den Wagen gerade noch rechtzeitig zum Stehen, als die Tür zum Speisesaal aufschwang und Tom ihnen entgegengeeilt kam. »Ja, kommt ihr noch? Die ersten Teilnehmerinnen warten schon! Jetzt aber hopphopphopp!«

Der Speiseraum war riesig. Fast kam es Lou so vor, als ginge er über die gesamte Breite des Gebäudes. Durch die hohen Fenstertüren schien die Sonne und am leeren Buffet klapperten tatsächlich schon einige Frühaufsteher hungrig mit ihrem Besteck. Lou und Motte beeilten sich, den Wagen mit den Brotkörben zum Buffet zu schieben, und machten sich sofort daran, alles auf die vorgesehenen Plätze zu stellen.

Allmählich füllte sich der Raum. Lou musste immer wieder in ihrer Arbeit innehalten und sich ein wenig umsehen, denn unter den Teilnehmern und Dozenten gab es einige richtige Paradiesvögel: Ein Mädchen fiel Lou sofort auf. Ihr dunkler Zopf reichte ihr bis zur Hüfte und über ihrem Kapuzenpulli trug sie eine dunkle Herrenhose mit Hosenträgern. Als Lou den letzten Apfel in die Obstschale gestapelt hatte, sah sie, wie dieses Mädchen auf den Tisch der Fjordies zusteuerte. Lou konnte nicht verstehen, worüber sie sprachen, aber sie schienen in jedem Fall Spaß zu haben.

»Sieh mal, da kommt ja Felix«, sagte Motte neben ihr.

Lou winkte ihrem Gitarrenlehrer zu. »Guten Morgen!«

Felix kam mit seinen Kumpels und dem Mädchen zu ihnen. »Hey«, begrüßte er sie mit heiserer Stimme. »Ich dachte, ihr wärt längst weg«.

»Wir dürfen in der Küche helfen und bleiben«, erzählte Lou glücklich.

Felix wollte etwas erwidern, fing stattdessen aber an zu husten.

Lou fiel auf, dass er einen Schal um den Hals trug. »Bist du krank?«

»Auf keinen Fall!«, brachte Felix immer noch hustend heraus. »Nur eine kleine Erkältung.«

Doch auch das dunkelhaarige Mädchen neben ihm schien ihn besorgt anzusehen.

»I'm not sure, if you can sing today.«

»I have to, Angeles. You know.«

Felix und die Fjordies gingen mit gefüllten Tellern zurück zu ihrem Tisch.

Von der anderen Seite des Speiseraums kamen Rosa, Grandmère und Billies Vater. In ihrem bodenlangen, bestickten grauen Kleid und der XL-Umhängetasche ging Grandmère glatt auch als Dozentin durch, dachte Lou lächelnd bei sich.

Rosa sah viel besser aus. Sie ging nicht mehr so zusammengekrümmt und ihre Wangen hatten ein wenig Farbe zurückgewonnen. »Ihr solltet mich doch wecken«, beschwerte sie sich. Aber an ihrem Lachen konnte Lou sofort sehen, dass sie es nicht ernst meinte.

»Ist *es* besser?«

»Vor allem hab ich nicht mehr das Gefühl, hin und her zu schwanken.«

»Ah, da ist ja meine Spülfee mit den blauen Haaren«, sagte Tom, der gerade den letzten Wagen hereinfuhr. »Wieder einsatzfähig?«

»Wenn ich nur vorher frühstücken darf«, bat Rosa.

Grandmère, die unmittelbar hinter ihr stand, sah Tom fest an. »Das ist sicher keine Frage, jeune homme, nicht wahr?«

Tom schüttelte den Kopf. »Natürlich kann sie erst frühstücken, aber dann brauchen wir sie in der Küche!«

Herr Sander legte die Stirn in Falten. »Ich weiß, wie gerne ihr bleiben wollt, aber ich bin mir nicht sicher, was eure Eltern dazu sagen, wenn sie erfahren, dass ihr hier arbeitet.«

Lou winkte ab. »Wieso arbeiten? Zu Hause helfen wir auch mit.«

Motte war plötzlich sehr beschäftigt mit den Pfeffer- und Salzstreuern. »Meiner Mutter würde es bestimmt nicht gefallen.« Sie blickte zu Grandmère, die sich einen Joghurt und eine Orange vom Buffet nahm. »Aber du findest es okay?«

Grandmère lächelte ihre Enkelin an. »Chérie, ich finde, es ist nichts Falsches daran, wenn ihr ein wenig neue Erfahrungen sammelt und«, sie senkte die Stimme, »nebenbei éventuellement noch ein paar interessante Noten aufschnappt.« Sie blinzelte zur Seite, wo gerade ein weißhaariger Mann langging, aus dessen Bart zwei geflochtene Zöpfe hingen. »Aber jetzt lassen wir euch weitermachen.«

Billies Vater nickte ihnen zu. »Und richtet Billie aus, dass ich heute Vormittag mit Max verabredet bin. Sie weiß schon, wer das ist.«

26. Song

Eine magische Espressokanne

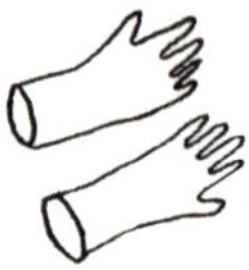

Billie biss die Zähne zusammen und schrubbte. Mit aller Kraft scheuerte sie mit dem Schwämmchen über die schwarze Kruste, die den Rand des Blechs umgab. Warum war sie bloß nicht mit den anderen in den Speiseraum gegangen? Sie verteilte noch einen großzügigen Spritzer Spüli auf das Schwämmchen und drehte das Blech um. Und wo blieben die anderen? Billie stellte sich vor, wie Lou, Motte und vermutlich auch Rosa im Speiseraum an einem schönen Frühstückstisch saßen, in ein leckeres Brötchen bissen, während sie mit ihren gelben Gummihandschuhen im Abwaschwasser festsaß. Noch dazu unter der ständigen Beobachtung des Küchenmonsters, der hin und wieder bei ihr vorbeikam und die Bleche inspizierte, die sie zum Abtropfen auf die Ablage gelegt hatte. Und Tom, der sie behandelte, als wäre sie Luft, obwohl sie ein bisschen Lipgloss aufgelegt und ein paar Strähnen aus ihrem Zopf gezogen hatte, zu dem der Küchenchef sie gezwungen hatte. »Offene Haare in der Küche hängen den Gästen später zwischen den Zähnen«, hatte er gesagt und sie zum Klo geschickt, damit sie sich einen Zopf machte.

Billie kannte einige Leute, denen sie hier Haare zwischen den Zähnen wünschte. Zum Beispiel diesem Idioten von Leiter. Und seiner aufgeblasenen Assistentin Sarah. Und Lou, Motte und Rosa dafür, dass sie ihr dieses Küchendesaster eingebrockt hatten! Dachten die drei Schafe denn im Ernst, dass sie sich von der Spülfee zum Superstar hochspülen konnten?

In nur drei Tagen? Denn es waren ja nur noch drei Tage, bis das große Abschlusskonzert der Popakademie stattfinden würde, das im Fernsehen übertragen werden sollte. Um genau zu sein, sogar nur noch zwei Tage und vierzehn Stunden. Denn genau in dieser Sekunde starteten in den anderen Räumen der Akademie gerade die coolsten Workshops, während sie sich hier mit dem Blech abkämpfte. »Bescheuertes Blech! Bescheuerte Küche! Bescheuerte Popkörner!«, fluchte Billie vor sich hin. Zum tausendsten Mal fragte sie sich, wieso sie die anderen wegen der Altersangabe nicht früher eingeweiht hatte. Hätten Motte, Rosa und Lou gewusst, dass sie wie 14 aussehen mussten, hätten sie vielleicht eine Chance gehabt. Sie hatte es immer wieder vor sich hergeschoben, den anderen die Wahrheit zu sagen. Und nun – sie schaute nachdenklich auf die fettige, trübe Brühe im Spülbecken – saß sie in der Patsche.

Das Wasser war noch nicht zur Hälfte abgeflossen, da schwang die Küchentür auf und die Popkörner kamen herein.

»I like to move it, move it. I like to move it, move it.« Lou tänzelte mit ihrem Geschirrwagen geradewegs auf sie zu.

»I like to move it. I like to move it, move it.« Motte und Rosa schoben in die entgegengesetzte Richtung, ohne ihr einen Blick zu schenken.

»You like to move, to move it!« Das Hippiemädchen drehte sich direkt vor ihr und forderte sie auf mitzumachen. »You like to move, to move it! I like to move it, move it.«

»Oh da kommen ja die Popkörner. Ich dachte schon, ich wäre die Einzige, die hier Spüldienst machen darf«, sagte Billie und nahm sich das Geschirrhandtuch, das neben ihr lag.

Lou schnappte sich ein anderes Handtuch und begann, mit Billie abzutrocknen. »I like to move it, move it. I like to move it, move it.« Sie lachte. »Wir mussten doch das ganze Buffet aufbauen. Du glaubst nicht, wie viele Leute hier sind!«

»Kann ich mir vorstellen.«

»Soll ich dich hier ablösen, damit du es dir mit Rosa und Motte ansehen kannst?«

Billie blinzelte zu den beiden, die ihr weiter die kalte Schulter zeigten. »Vielen Dank, Lou. Vielleicht später. Aber ich wollte gleich mal in den kleinen Saal. Da proben die Fjordies.«

Lou warf einen überraschten Blick auf die Uhr. »Sind wir denn mit unserem Küchendienst schon fertig?«

Billie zuckte die Schultern. »Meine Bleche sind sauber!«, sagte sie und legte das trockene Blech zur Seite. In diesem Moment blieb Tom mit einem voll beladenen Wagen neben ihnen stehen. »Primstens, dann könnt ihr das hier gleich einmal vorspülen und dann in die Maschinen einräumen.«

Er ging weiter.

Billie starrte auf die klebrigen Frühstücksteller und Tassen, die ineinandergestapelt waren. »Ich glaub, mein Schwein pfeift! Das ist nicht wahr, oder?«

Rosa, die zu ihnen gekommen war, schnippte mit den Fingernägeln gegen eine Tasse, dass es leise Pling machte. »Ich fürchte, die sind echt.«

»Wir müssen das nicht tun!«, flüsterte Billie. »Sie können uns nicht dazu zwingen.«

Hinter der Arbeitsplatte hob das Kochmonster seinen Kopf. »Mädels, Tempo! Der nächste Wagen zum Abspülen kommt gleich!«

»Ich sterbe«, knurrte Billie.

Lou stellte den ersten Stapel Teller in das Spülbecken. »Wir schaffen das schon. Aber weißt du, was? Felix ist krank.«

Rosa sah von den Tellern auf, die sie abbrauste. »Der hat gar keine Stimme mehr.«

»Felix ist krank?«, Billie ließ das Besteck sinken, das sie gerade von einem Teller nehmen wollte. »Aber ... dann haben die Fjordies ja keinen Sänger mehr!«

Lou kratzte mit einem Messer Butterreste von den Tellern. »Vielleicht springt ja Georg, ihr Bassist, ein. Oder sie leihen sich jemanden für ihren Auftritt aus.«

Oder sie leihen sich jemanden aus, fuhr es Billie durch den Kopf. Konnte das die Chance sein, nach der sie so verzweifelt suchte. Sie versuchte doch schon seit über einem Jahr, bei den Fjordies reinzukommen, und wenn sie jetzt für Felix einsprang, schlug sie gleich zwei Fliegen mit einer Klappe: Sie könnte bei der Popakademie mitmachen und auch viel mehr Zeit mit Felix verbringen.

Billie hatte sich erst ein paar Minuten ihren Tagträumen überlassen, als ein Klopfen an der Küchentür sie zurück in die Gegenwart riss.

»Hello? Hello!« Eine Frau mit schulterlangen, welligen Haaren und leuchtenden Augen streckte den Kopf in die Küche.

Herr Schubert legte sein Filetiermesser zur Seite und ging ihr entgegen. »Servus, womit können wir helfen?«

»Das ist Melissa O'Connor aus Irland«, flüsterte Lou Billie und Rosa zu. »Die Dozentin für Irish Folk!«

»Ich möchte so gerne eine Cäppuschino«, sagte sie mit einem lustigen Akzent und hielt dem Küchenchef ihren Becher entgegen.

»Tom, hast du die Thermoskannen nicht nachgefüllt?«

Der junge Mann kam hoch und schob die Tür des Schranks zu. »Freilich, ich hab vor fünf Minuten vier neue Kannen Kaffee rübergebracht.«

»Right«, nickte Melissa. »Da ist some coffee. Aber keine Cäppuschino und die Maschine in die Bar ist kaputt, also dachte ich, ich finde hier Hilfe.«

Ich glaube kaum, dass das Küchenmonster dir hilft, ging es Billie durch den Kopf.

»Wir bereiten hier *sehr* guten Kaffee zu«, sagte Herr Schubert, der offensichtlich in seiner Kochehre gekränkt war. »Wenn Sie so eine aufgeschäumte Milch haben wollen, müssen Sie leider woandershin gehen.« Mit diesen Worten wandte er sich wieder seiner Arbeit zu.

»War ja so klar«, sagte Billie zu Lou.

Die Frau blickte kurz zu ihnen rüber. Lou zuckte hilflos die Schultern. Was sollten sie machen?

»Wait!«, rief da Motte von der anderen Seite des Raums. »Please, come here.«

Die Dozentin, Billie, Lou und Rosa blickten überrascht zu Motte. Sie hielt eine silberne Espressokanne in der Hand.

27. Song

Dinner for two

Es war Billie ein Rätsel, weshalb Motte sich für die irische Dozentin so ins Zeug legte und für sie einen Cappuccino mit viel aufgeschäumter Milch zauberte. Bei Herrn Schubert konnte sie damit bestimmt keine Pluspunkte sammeln, und nachdem Melissa die Küche mit einem seligen Lächeln verlassen hatte, musste Motte genau wie die anderen ihren Geschirrwagen abräumen, vorspülen und in die Geschirrspülmaschine räumen. Erst als das gesamte Frühstücksgeschirr wieder sauber in den Schränken verstaut war und die große Arbeitsfläche in der Mitte blitzte, gab Herr Schubert ihnen bis zum Nachmittag frei. »Nicht vergessen, um 17:00 Uhr steht ihr hier wieder auf der Matte!«

Das ließen die Mädchen sich nicht zweimal sagen. Schnell hängten sie ihre Schürzen an den Haken und machten, dass sie aus der Küche kamen.

Lou strahlte vor Begeisterung. »Ist das nicht fantastisch? Jetzt gehen wir zum Übersichtsplan und suchen uns *unseren* Workshop aus!« Sie machte einen kleinen Freudenhüpfer.

Motte steckte die Hände in ihre Hosentaschen. »Bei dem *wir* ja leider nur zuschauen können, weil eine gewisse Person es total vermasselt hat.«

Rosa, die neben Billie ging, warf ihrer Freundin einen Blick zu. »Und sich leider bis jetzt auch nicht für ihre fiesen Bemerkungen entschuldigt hat.«

Billie blinzelte erstaunt in ihre Richtung. »Meint ihr mich? Wisst ihr, ich finde, ihr seid viel zu sehr mit der Vergangenheit beschäftigt! Ich konzentrier mich lieber auf das, was heute ist.«

»Bis sie sich nicht entschuldigt hat, geh ich mit ihr nirgendwohin«, sagte Motte zu Rosa.

»Ich auch nicht!«

Lou öffnete die große Tür, die zum Haupthaus führte. Aus verschiedenen Richtungen klang Musik zu ihnen, junge Leute mit Instrumententaschen und dicken Songbooks unter den Armen liefen an ihnen vorbei. Um eine der Säulen hatte sich eine Band versammelt und schien a capella ein Stück zu proben. »Lasst uns doch die Zeit hier nicht mit Gezicke verschwenden!« Lou sah von Billie zu Rosa und Motte. »Ich schlage vor, wir fangen einfach noch mal neu an!« Sie wollte den Arm um Motte und Billie legen, doch Motte wich einen Schritt zurück. »Erst wenn Billie sich entschuldigt!«

Billie stieß einen genervten Seufzer aus. »Was willst du eigentlich, Motte? Dass ich vor dir auf dem Boden rumrutsche und dich um Vergebung anflehe?« Sie ließ sich auf ein Knie runter.

»Komm wieder hoch!«, sagte Lou.

»Sie meint es doch sowieso nicht ehrlich«, motzte Motte.

»Hast du etwas Zeit für mich? Dann singe ich ein Lied für dich!«, fing Nena in Rosas Jackentasche an zu singen. »Ich glaub, das ist David!«, sagte Rosa.

Billie rappelte sich auf. Sie war hier eindeutig überflüssig. Motte wollte nichts mit ihr zu tun haben, Rosa würde die nächste halbe Stunde nur von David brabbeln und Lou musste einfach einsehen, dass man einen Bandfrieden nicht erzwingen konnte. Da versuchte sie doch lieber bei den Fjordies ihr Glück! »Wir sehen uns nachher beim Küchendienst«, rief sie den anderen Popkörnern noch zu, bevor sie loslief.

Das kleine Auditorium, in dem die Fjordies ihr Band-Coaching hatten, lag im Ostflügel des Gebäudes. Schon am Vorabend, als Felix ihr von seinem Kurs erzählt hatte, hatte Billie den Raum in der Übersicht rausgesucht. Sie würde einfach so tun, als wäre sie zufällig an diesem Raum vorbeigekommen und wollte die Gelegenheit nutzen, um etwas für ihre Schülerzeitung zu schreiben. Hey, was macht ihr denn hier? Oh, ihr probt hier? Das wusste ich ja gar nicht! Entschuldigung, ich hab mich in der Tür geirrt, aber darf ich ein bisschen zuhören?, legte Billie sich die Worte zurecht, die sie zu Felix und seinen Kumpels sagen wollte. Am Ende des Flures öffnete sich eine Tür und zwei Männer traten heraus. Billie war so in ihre Überlegungen vertieft, dass sie Herrn Stark erst auf den zweiten Blick erkannte! Der Leiter der Popakademie war nur noch wenige Meter von ihr entfernt. Billie reagierte blitzschnell. Mit einem Griff hatte sie das Programmheft der Akademie aus ihrer Tasche gezogen, aufgeschlagen und beugte sich so tief über die Seiten, dass ihr Gesicht ganz dahinter verborgen war. Billie betete, dass er sie nicht erkennen würde. »Sorgen Sie dafür, dass die Kameraleute gut untergebracht werden«, instruierte er gerade seine Assistentin, Sarah, als Billie an ihnen vorbeihuschte. Billie hielt den Atem an. Aber die beiden gingen weiter, ohne sie zu bemerken. Himmel, das war knapp gewesen! Nach ihrer Begegnung vom Vorabend wollte Billie dem Leiter möglichst nicht mehr unter die Augen kommen. Am besten, er vergaß, dass es sie überhaupt gab. Denn auch wenn der Küchenchef sie brauchte, Billie wusste, dass sie Herrn Stark nur einen Grund geben musste, um sie endgültig nach Hause zu schicken. Und das wollte sie auf keinen Fall riskieren.

Durch die vorletzte Tür klangen Flötentöne zu Billie auf den Gang hinaus. *Kleines Auditorium* stand über dem Eingang. Schnell zog sie ihre Lippen mit dem Lipgloss nach, dann machte sie die Tür leise auf und trat ein.

Die Fjordies standen gemeinsam unten auf der beleuchteten Bühne, die auf drei Seiten von stufenförmig angeordneten Sitzreihen umgeben war. Felix stand neben dem Dozenten und stimmte seine Akustikgitarre. Der Keyboarder drückte mehrere Knöpfe auf seinem Instrument und die Flötenklänge verwandelten sich in volle Cellotöne. Etwas weiter hinten entdeckte Billie Georg, den Bassisten, zusammen mit dem Drummer. Billie, die sich schon ihren ersten Satz überlegt hatte, ließ sich stattdessen still auf den Stufen nieder, die zur Bühne führten. Es lag eine besondere Stimmung über dem Raum. Billie meinte, die Konzentration der Band förmlich mit den Händen greifen zu können. Sie fühlte, dass es wichtig war, hier genau den richtigen Moment abzupassen.

Der Dozent ging mit Felix zu einem Stehpult, auf dem Billie einen aufgeklappten Laptop entdeckte.

Sie rutschte ein paar Stufen tiefer, um zu verstehen, was die beiden sprachen.

»Es bleibt also bei den Songs, die du mir als Demo geschickt hast«, fragte der Dozent.

Felix hielt sich die Hand vor den Mund und hustete.

Lou hatte wirklich nicht übertrieben, dachte Billie. Felix' Stimme klang, als hätte er Schmirgelpapier verschluckt. »Wir ... hrmm ... haben noch einen neuen Song mitgebracht«, sagte er und zog einen Stick aus der Hosentasche.

»Eine Coverversion oder etwas Eigenes?«

Felix' Husten wurde schlimmer. »Etwas Eigenes. Es heißt *Dinner for two.«*

Billie musste unwillkürlich schmunzeln. Der Titel erinnerte sie an diesen uralten Schwarz-Weiß-Film, den sie mit Hanni und ihren Eltern jedes Jahr zu Silvester im Fernsehen sah. *Dinner for one.*

Der Dozent schien an dasselbe zu denken, denn er fragte: »Same procedure as last year?«

»Same procedure as every year, James!«, brachte Felix

mit einem Krächzen raus. »Wir wollten etwas Schnelles, Partymäßiges machen, das ...«, er hustete wieder, »... aber auch kultig ist.«

Der Lehrer sah zu den anderen Fjordies. »Dann fangen wir mit diesem neuen Song an. Wer singt?«

Alle Blicke gingen auf Felix.

»Du?« Der Dozent schüttelte den Kopf. »Mit dem Husten kannst du unmöglich singen. Gibt es nicht jemand, der für dich einspringen kann, bist du wieder fit bist?«

Das war Billies Stichwort. »Ich!«

Doch sie wurde von einer anderen kräftigeren Stimme übertönt. Denn genau in dem Moment, als sie aufgestanden war, hatte sich hinter ihr die Tür geöffnet und Angeles, das spanische Mädchen, kam in das Auditorium gestürmt. »Hola, Fjordies«, rief sie und lief zwei Stufen auf einmal nehmend die Stufen zur Bühne hinunter.

»Elena told me, you need a singer?«

Wie erstarrt beobachtete Billie die Szene: Das ältere Mädchen beugte sich vor und gab Felix links und rechts ein Wangenküsschen. Wie kam sie dazu? Niemand durfte Felix küssen! Niemand außer ihr.

28. Song

Die Gedanken sind frei

»Wo warst du?«, fragte Lou besorgt, als Billie von ihrer Tour durch den Park, der hinter der Akademie lag, zurückkam. »Wir haben dich überall gesucht. Und dein Vater hat auch schon hundert Mal nach dir gefragt!«

Billie nahm eine lässige Haltung ein. »Ich war kurz im Park.« Sie wollte den anderen nicht von ihrem Abstecher ins Auditorium erzählen. Und schon gar nicht von ihrer Flucht in das nächste Mädchenklo, wo sie sich für die nächste halbe Stunde mit dem Gefühl eingeschlossen hatte, von einer Giftschlange gebissen worden zu sein. Es war ein seltsames Gefühl: eine Mischung aus Zorn und Kummer, das sich vom Bauch durch die Brust brannte und ihr die Tränen in die Augen trieb.

Doch davon würde sie kein Wort verraten und sie erwiderte Lous forschenden Blick mit einem Lächeln. »Ich war draußen im Park. Mir ein bisschen die Füße vertreten und Ideen für meinen Song suchen.« Sie wich einem jungen Mann aus, der ihr mit einer großen Box entgegenkam. »Und ihr?«

»Wir durften bei einem Studioworkshop zuschauen!«,

begann Lou, mit Feuereifer zu erzählen. »Du hast wirklich was verpasst! Diese niederländische Band war wahnsinnig nett. Sie haben uns einfach mitgenommen.«

Billie war es nur recht, dass Lou über den neuen Eindrücken, Soundkarten und Effektgeräten nicht mehr daran dachte, ihr weitere Fragen zu stellen. Und als sie vor der Küche Motte und Rosa trafen, war es bereits zwei Minuten vor fünf und der Küchenchef hielt ungeduldig nach seinen Hilfen Ausschau.

»Billie, du kümmerst dich um die kalten Getränke. Tom zeigt dir das Mischungsverhältnis.« Herr Schubert zeigte auf die Spülmaschinen, aus denen es dampfte. »Rosa, du räumst die Spülmaschinen aus.« Er blickte zu Motte und Lou. »Du packst die Brotkörbe und du«, er zeigte mit seinem riesigen Kochlöffel auf Lou, »stellst die Schüsseln bereit.«

Für die nächsten zwei Stunden wirbelten die Popkörner ohne Pause durch die Küche. Da piepte ein Backofen, da zischte das Fett in der Pfanne. Fünf Kilo Möhren und fünf Kilo Äpfel mussten für den Rohkostsalat geschält und gerieben werden. Zehn Kilo gekochter Reis mit grünen Erbsen auf dreißig Schüsseln verteilt werden. Als Billie, Motte, Lou und Rosa schließlich die Schüsseln mit dem Putencurry und dem Reis auf die Wagen stellten, fühlten sich ihre Arme einen halben Meter länger an und ihre Wangen glühten. Durch die Küche zog ein Hauch von Schokolade.

Herr Schubert zog das erste Blech Kuchen aus dem Backofen. »Ihr bringt noch die Wagen in den Speisesaal«, sagte Herr Schubert. »Und dann macht ihr Schluss für heute!«

»Kommen Sie und Tom denn zurecht?«, erkundigte Lou sich.

Der Koch warf Billie einen verschmitzten Blick zu. »Mei, eigentlich bräuchte ich noch eine, die die Backbleche scheuert.«

»Oh nein!«, entfuhr es Billie entsetzt.

Motte und Rosa fingen an zu lachen.

Lou blickte erschrocken zwischen Herrn Schubert und Billie hin und her. »Nein, nein, die Bleche kann ich machen!«

»Nein, das kriegen wir schon hin«, lachte der Küchenchef. »Und jetzt zischt ab. Wir sehen uns morgen früh.«

Gemeinsam schoben sie die Wagen zum Speisesaal rüber, und nachdem sie die Schüsseln auf das Buffet gestellt hatten, nahmen sie sich selbst einen Teller und setzten sich zu Grandmère und Billies Vater an den Tisch. Sie hatten sich gerade hingesetzt, als der Hirte die Hände faltete. Er wollte doch jetzt nicht beten? Was sollten denn die anderen Bands von ihnen denken? Zwei Tische neben ihnen saßen die Fjordies. Und ein Stück dahinter entdeckte Billie die Niederländer! Wenn die mitkriegten, dass sie hier beteten, würden sie sie noch für Jesusfreaks halten!

»Ich weiß, für einige von euch ist es sicher ungewohnt, aber wir ...«, bei diesem WIR lächelte der Hirte Billie zu, »... beginnen unser Essen immer mit einem kleinen Tischgebet.«

Billie schaute verdruckst in die Runde. Motte zuckte die Schultern. Rosa legte die Gabel zurück, die sie bereits heißhungrig in die Hand genommen hatte. Lou faltete tatsächlich auch ihre Hände, genau wie ihre Großmutter, und alle senkten den Blick auf das dampfende Curry. »Dem Herrn sei Dank für Speis und Trank. Amen und Guten Appetit!«

Immerhin kurz und knapp, dachte Billie erleichtert. Danke, Gott!

Während des Essens tauschten sie sich über die Erlebnisse des Tages aus. Der Hirte hatte in der Stadt seinen Freund besucht. Grandmère hatte einen wundervollen Tag mit den Gemälden von Brueghel, Rembrandt und Dürer in der alten Pinakothek verbracht und Lou, Rosa und Motte überlegten bereits, bei welchem Workshop sie am nächsten Tag zuhören wollten.

Lou holte ein zusammengefaltetes Blatt aus ihrer Tasche. »Morgen fängt Melissas Folk-Kurs an. Da würde ich gern reinschnuppern.«

»Folk?«, Motte legte ihr Besteck auf den Teller. »Muss das sein?« Sie beugte sich zu Lou und sah mit auf den Zettel. »Seht mal, um 11:00 Uhr beginnt auch der Jazz-Workshop bei Arno Ambers.«

Rosa unterdrückte ein Gähnen. »Jazz? Oh, nö! Was willst du denn da? Ich dachte, wir versuchen, in den Songwriting-Kurs zu kommen oder in die Rhythmik-Klasse.«

»Billie, was meinst du?«, fragte Lou.

Es kostete Billie alle Kraft, ihren Blick von Felix' Tisch

zu lösen. Denn dort stand schon wieder das spanische Mädchen. Felix gab ihr gerade einen dicken blauen Ordner. War das nicht seine Bandmappe?

»Billie!« Rosa stupste sie von der Seite an.

»Wie?«, Billie zuckte zusammen und stieß fast ihr Glas um.

»Oder willst du dich morgen wieder abseilen?«, erkundigte Motte sich mit eisigem Unterton.

»Ich, nein«, stotterte Billie. Sie sah wieder zu Angeles rüber, die mit dem Ordner unter dem Arm abzog. Natürlich! Plötzlich wusste Billie, was sie damit wollte: In dem Ordner waren die Noten von allen Stücken der Fjordies! Denn wer immer als Ersatzsängerin für Felix einsprang, musste natürlich die Texte üben.

»Billie, ist alles okay?«, fragte Lou.

Nun sahen auch der Hirte und Frau Jacobi besorgt zu ihr. Sie musste sich wirklich zusammenreißen. Sie knipste ihr Billie-Lächeln an. »Sorry, ich bin einfach nur ziemlich platt von diesem Tag! Aber was die Planung für Morgen angeht, äh, bin ich für alles offen.«

An den Gesichtern der anderen konnte sie ablesen, dass sie keine zufriedenstellende Antwort gegeben hatte. »Mottes Vorschlag klang doch super!«

War das auch wieder falsch? Oder weshalb starrte die Pyromanin sie an, als habe sie einen Popel an der Nase?

»Seit wann stehst du auf Jazz?«, wollte Rosa wissen.

»Jazz?«

In Mottes Augen glitzerte es. »Hm, ist bestimmt ein richtig cooler Kurs.«

29. Song

Rosa riecht Lunte

Rosa stand vor dem Spiegel und tupfte sich etwas von Billies Abdeckstift auf die rote Stelle am Kinn. Hoffentlich war dieser blöde Pickel weg, bis sie David wiedersah. Sie strich ihre Haare mit den Händen zurück und band sie mit einem Zopfgummi zusammen. Sie seufzte. Vermutlich würde es nicht der letzte Pickel sein, mit dem sie leben musste. Schon in den vergangenen Wochen hatte sie auf ihrer Stirn und den Wangen kleine Pickel entdeckt, aber dieser war richtig grässlich. Vielleicht hing es auch mit ihrer Periode zusammen. Zum Glück hatten wenigstens die Unterleibsschmerzen nachgelassen. Rosa stopfte die Bindenpackung gerade zurück in den Baumwollbeutel, den Frau Jacobi ihr geschenkt hatte, als es an der Tür klopfte.

»Bist du endlich fertig?« Das war Billies Stimme. »Wir wollen auch noch ins Bad!«

»Hoffentlich ist sie nicht ohnmächtig geworden«, hörte sie Lou.

»Nein, alles in Ordnung«, rief Rosa und schloss die Tür auf.

Billie drängelte sich als Erste rein. »Das dauert ja immer Ewigkeiten!«

»Du weißt doch, warum!«, gab Rosa zurück und ging zu ihrem Schrank rüber.

»Jaaa, aber jetzt kann ich mir nicht mehr die Haare waschen.«

»Hilfe, die Welt geht unter!«, spottete Motte, die sich ihre Zahnbürste und die Zahnpasta nahm.

»Ist hier noch ein Plätzchen für mich?«, fragte Lou und quetschte sich mit ins Bad.

»Nicht wenn du dich so breitmachst«, erwiderte Billie, die ihre Locken über den Kopf warf, um sie zu bürsten.

So begann der zweite Morgen der Popkörner auf der Popakademie. In der Küche erwartete sie Herr Schubert mit zweihundertfünfzig Eiern, die zu Rührei verarbeitet werden sollten, und während Motte und Lou zusammen mit Tom die Wagen für das Frühstück bepackten, stellte der Küchenchef Rosa und Billie je eine Schüssel hin. »Zehn Eier aufschlagen und verquirlen. Ich hol mir dann die Schüsseln.«

Rosa schlug das erste Ei auf. »Und du willst heute wirklich mit Motte beim Jazz-Workshop zuschauen? Ich dachte, du hasst Jazz.«

Billie blinzelte von der Eierschachtel hoch. »Was hast du gefragt?«

Rosa legte die Schale des nächsten Eis zur Seite und musterte ihre Freundin neugierig. »Los, lass mich teilhaben! Wo treibst du dich in Gedanken gerade rum.«

»Nirgendwo!« widersprach Billie, nahm ihr Ei und schlug es so ungeschickt gegen die Kante der Schüssel, dass die Hälfte des Eiweißes auf die Arbeitsfläche floss. »Bäh, ist das glibberig.«

Rosa ließ sie nicht aus den Augen. »Komm, sag schon!«, flüsterte sie eindringlich. »Du warst gestern Abend schon so seltsam. Und jetzt schon wieder!«

»Ich bin einfach keine Frühaufsteherin.«

Rosa beugte sich zu ihr. »Hat es mit einem gewissen Herrn F. zu tun?«

Billie wollte eben etwas erwidern, als eines ihrer Eier von der Arbeitsfläche rollte und mit einem dumpfen Plitsch auf dem Boden zerbrach.

»Mist«, schimpfte Billie. »Siehst du, ich bin einfach müde.«

»Hier ist Haushaltspapier«, sagte Rosa und half Billie, den Eiermatsch wegzumachen. Für den Moment würde sie es auf sich beruhen lassen. Schließlich wollte sie nicht, dass Billie noch mehr Eier aus der Hand fielen, aber Rosa kannte Billie lange genug, um zu wissen, dass etwas in ihrer Freundin arbeitete.

Rosa dachte schon, sie würden die zweihundertfünfzig Eier niemals aufgeschlagen bekommen, doch am Ende hatten sie Herrn Schubert die Schüsseln mit den verquirlten Eiern zum Herd rübertragen können. Inzwischen waren auch Motte und Lou mit dem Vorbereiten der Geschirrwagen fertig und hatten begonnen, das Obst aus den Kisten in die Körbe zu verteilen. Es war kurz vor halb acht, und sobald die ersten Portionen

Rührei fertig waren, konnten sie die Wagen zum Speisesaal schieben.

»Good morning, Popkörner!«, rief da eine Stimme von der Küchentür und Melissa trat mit einem jungen Mann in die Küche. Sie hielt ihre Nase schnuppernd in die Luft. »Oh, riecht das gut.«

»In meiner Küche riecht alles gut«, stellte Herr Schubert fest und streute eine Prise frische Kräuter über das Rührei.

»Möchtest du wieder einen Latte macchiato?«, fragte Motte, die den Becher, den Melissa hinter ihrem Rücken versteckt hielt, als Erste entdeckte.

»Das wäre wundervoll, my dear!« Melissa zog ihren Begleiter heran. »Darf ich vorstellen: Das ist Paolo Panigati aus Milano.« Melissa blickte zu Rosa rüber. »Er ist ein Drummer, so wie du.«

»Buongiorno!«, sagte Rosa, die mit ihren Eltern schon drei Reisen nach Italien gemacht hatte. »Möchte er vielleicht auch einen ...«, sie blinzelte kurz zu Herrn Schubert, »... einen anderen Kaffee?«

»Si, si, si«, nickte der italienische Drummer und reichte Motte seinen Becher.

Während Motte die Espressokanne befüllte und Lou in einem Topf Milch warm machte, kam Tom in die Küche gelaufen. »Heute sind alle früh! Kommt, das Essen muss rüber.« Er stutzte kurz, als er Melissa und Paolo bei Motte, Lou, Rosa und Billie sah. »Wir haben keine Zeit für Versammlungen!« Er klatschte in die Hände, um die Mädchen anzutreiben. »Auf geht's!«

»Nur einen Moment noch«, bat Motte. Auf dem Herd fing die Kanne an zu zischen. »Der Kaffee ist gleich fertig.«

»Die Milch auch!«, sagte Lou und füllte die warme Milch in die beiden Becher.

»You are really great«, strahlte Melissa sie dankbar an. »Wenn ich etwas für euch tun kann, sagt mir Bescheid.«

»Mille grazie«, bedankte sich auch der italienische Dozent bei ihnen.

»Wirklich?« Lou trat einen Schritt zur Seite, damit Motte den Espresso einschenken konnte. »Dann wünsch ich mir, dass du uns als Band eine richtige Stunde gibst.«

»Yes! Das ist eine gute Idee. Wir brauchen nur eine Raum.«

»Jetzt brauche ich vor allem meine Küchenhilfen«, unterbrach Tom sie und zog Lou und Motte mit zu dem nächsten Geschirrwagen.

»Das mit dem Raum klären wir nach dem Frühstück«, rief Lou der Dozentin noch zu, bevor Tom sie mit den anderen Popkörnern aus der Küche lotste. »See you later!«

An diesem Morgen dauerte das Frühstück lange. Viel zu lange für Rosas Geschmack. Genau wie Lou und Motte konnte sie es kaum abwarten, bis endlich der letzte Tisch abgewischt war und Tom sie mit dem schmutzigen Geschirr in die Küche schickte.

»Ist es nicht unglaublich? Jetzt bekommen wir sogar unseren ganz privaten Workshop bei Melissa!«, sagte Lou, die vor Vorfreude kaum stillstehen konnte.

Motte, die mal wieder das große Ganze im Blick hatte, hob warnend die Hand. »Dahinten kommt Mr Stark. Sei also besser ...« Doch ehe sie den Satz beenden konnte, rempelte sie mit Rosa zusammen, die abrupt stehen geblieben war. »Hey, kannst du nächstes Mal Bescheid sagen, wenn du Wurzeln schlagen willst.«

»Keine Absicht«, entschuldigte sich Rosa. »Habt ihr 'ne Idee, wo Billie steckt?«

»Vielleicht ist sie kurz mit ihrem Vater mitgegangen«, vermutete Motte.

»Also eben hat sie im Nebenraum noch die Tische gewischt«, sagte Lou. »Soll ich mal nachschauen?«

Doch Rosa hielt sie zurück. »Nein, Quatsch. Ich lauf kurz rüber und hol sie. Wir wollen doch zu unserm Workshop.« Schon lief sie quer durch die Tischreihen zu dem Teil des Raums, den man vom Buffet aus nicht einsehen konnte. Einige Teilnehmer, die sie schon vom Buffet kannten, lächelten ihr zu. Rosa ließ den Blick durch den Raum gleiten und tatsächlich, ziemlich weit hinten entdeckte sie Billie. Sie ging mit einem blauen Sack durch die Reihen und sammelte den runtergefallenen Müll auf. Wow! So viel Einsatz hatte Rosa ihrer Freundin nicht zugetraut. Aber was war das? Genau in dem Moment, als Rosa Billie rufen wollte, sah sie, wie Billie im Vorbeigehen eine Tasche von einer Stuhllehne zog und blitzschnell in den Sack verschwinden ließ. Das Mädchen, das auf dem Stuhl saß, schien nichts davon mitbekommen zu haben.

Rosa beschloss, Billie erst darauf anzusprechen, wenn

sie allein waren. Die Gelegenheit bot sich schneller, als sie erwartet hatte.

Denn als sie wieder beim Buffet ankam, waren nicht nur die Geschirrwagen verschwunden, sondern auch Lou und Motte.

Billie hatte es mit einmal sehr eilig. Aus dem benachbarten Raum hörte nun auch Rosa aufgeregte Stimmen. Es klang so, als würden sie spanisch reden.

»Hör mal, Rosa«, sagte Billie. »Ich muss noch schnell etwas im Büro erledigen. Könntest du ...?« Genau in diesem Moment liefen vier aufgeregte Spanierinnen an ihnen vorbei. Billie schubste den blauen Müllsack unauffällig unter das Buffet.

Kaum waren die Mädchen vorbei, nahm sie den Sack wieder hoch. »Kommst du mit?« Schon lief sie ihrer Freundin voraus und schlug den Gang ein, der zum Akademiebüro führte.

Rosa sah sie scharf an. »Billie, was ist mit der Tasche?«

»Welche Tasche?«

»Hältst du mich für blöd? Ich hab gesehen, wie du sie bei dem Mädchen vom Stuhl genommen hast.«

»Ach die«, sagte Billie, als gäbe es noch ein Dutzend weiterer Taschen in ihrem Müllsack. »Das ist Felix' Bandmappe. Ich soll sie ihm zurückbringen.«

»Du sollst sie Felix zurückbringen?« Rosa runzelte die Stirn. So hatte die Aktion eben aber ganz und gar nicht ausgesehen. »Und wieso hast du die Tasche dann heimlich in dem Sack verschwinden lassen.«

»Heimlich?«, Billie lachte. Doch Rosa hörte, dass es ein

bisschen schief klang. »Ich wollte Angeles nur nicht stören. Und Felix weiß Bescheid.« Sie holte die Tasche aus dem blauen Beutel und stopfte diesen in den nächsten Mülleimer, an dem sie vorbeikamen. Die nächste Tür war das Akademiebüro. Billie klopfte und trat ein. »Hallo, Sarah!«, begrüßte sie die Assistentin.

Rosa kam hinter ihr her. Was hatte Billie nur vor? Was wollte sie im Büro?

»Entschuldigung, dürfen wir bitte ein paar Kopien für die Fjordies machen«, fragte Billie sehr höflich und hielt der Assistentin Felix' Bandordner unter die Nase.

»Aber ihr seid doch zwei von den Popkörnern. Ich dachte, ihr unterstützt Herrn Schubert in der Küche.«

Billies Lächeln wurde noch ein wenig herzlicher. »Das ist vollkommen richtig. Aber der Sänger der Fjordies ist krank geworden und deshalb hat er mich gebeten, ein paar der Songs zu kopieren, damit ... damit jemand anders die Lieder üben kann.«

Die Worte klingelten förmlich in Rosas Ohren: Damit jemand anders die Lieder üben kann! Sie brauchte Billie bloß anzuschauen, um zu wissen, *wer* dieser Jemand war. Sie dachte an Lou und Motte, die es geschafft hatten, für die Popkörner eine Stunde bei Melissa zu organisieren. Wollte Billie denn da nicht mitmachen? Während Billie am Kopierer das nächste Blatt einlegte, ging Rosa zu dem Tisch, auf dem allerlei Informationsmaterial zu München lag. Ihr fiel wieder ein, was Billie bei ihrer Ankunft in der Akademie gesagt hatte: dass sie es allein in jedem Fall geschafft hätte. Versuchte Billie es jetzt etwa auf diesem Weg? Ohne die Popkörner? Rosa mochte gar nicht weiterdenken. Seufzend sah sie auf und entdeckte den Raumplan, der über dem Tisch hing. Sie musste das Wort zweimal lesen, bevor sie schaltete.

30. Song

Höchste Geheimhaltungsstufe

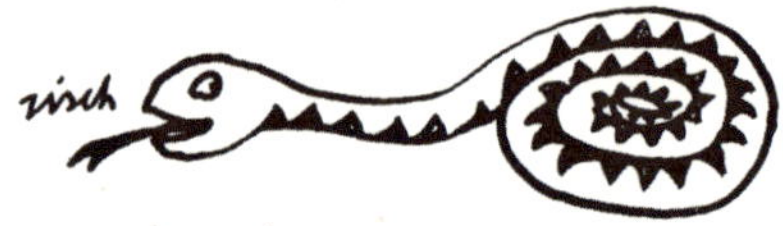

Mehrmals drehte Billie sich um und kontrollierte, ob ihr auf dem Weg ins Dachgeschoss der Akademie auch niemand gefolgt war.

Als sie die schmale Holztreppe hochstieg, die zu dem Raum führte, den Rosa für die Stunde mit Melissa entdeckt hatte, dachte sie wieder an ihre Begegnung mit Felix. Überrascht und erleichtert hatte er die Tasche mit seiner Bandmappe entgegengenommen, die er zusammen mit seiner Band und den spanischen Mädchen schon überall gesucht hatte, weil Angeles sie dummerweise irgendwo liegen gelassen hatte. Billie dachte daran, wie sie die Tasche von Angeles' Stuhl genommen, ja geklaut hatte, und fühlte sich so mies, dass sie sich nicht einmal über Felix' überschwänglichen Dank richtig freuen konnte. Sie wusste, dass sie ihn nicht verdiente. Und gleichzeitig war sie voller Vorfreude, wie er reagieren würde, wenn sie bei der nächsten Probe die Fjordiessongs draufhatte.

Vor ihr ging eine Tür auf und Lou steckte den Kopf heraus. »Wir sind hier, Billie.«

Gemeinsam schlüpften sie in den Raum und Lou zog die dicke Tür leise hinter sich zu.

Billie pfiff anerkennend durch die Zähne. »Ist ja cool hier oben!«

Die irische Dozentin, die gerade ihren Bogen aus dem Geigenkasten holte, legte ihn zurück. »It's marvelous, isn't it?«

Durch mehrere große Dachfenster fiel das Sonnenlicht auf den warmen Holzboden, an den Wänden hingen gerahmte Schwarz-Weiß-Aufnahmen verschiedener Musiker und neben den Mikros und Notenständern gab es ein kleines Schlagzeug und ein Keyboard.

Motte und Rosa saßen auf einem der Tische und baumelten mit den Beinen. Motte nahm ihren Collegeblock aus der Tasche. »Dann sind wir ja tatsächlich vollzählig.«

»Melissa hat gesagt, dass sie zwei Stunden für uns hat! Ist das nicht super?«, strahlte Lou, die sich neben Motte setzte.

Damit hatte Billie allerdings nicht gerechnet. Die Probe der Fjordies fing schon in einer guten Stunde an und die durfte sie unter keinen Umständen verpassen. Melissa lächelte ihr zu. »Setz dich doch auch, Billie. Welcome zum geheimsten Workshop der Popakademie München! Ich denke, wir machen als Erstes eine kurze Vorstellungsrunde, wie ich sie in all meinen Klassen mache.« Sie blickte zu Motte. »Willst du beginner sein?«

»Soll ich meinen Namen sagen und wie lange ich schon Klavier spiele?«, fragte Motte etwas unsicher.

»Mich interessiert, was dir deine Band bedeutet. Wie es

für dich ist, die Keyboarderin zu sein, fang einfach an«, machte ihr Melissa Mut.

Himmel, war das hier eine Therapiesitzung? Billie rutschte unruhig auf ihrem Platz hin und her. Über ihre Bandmotivation hatte sie doch schon eine halbe Seite in der Anmeldung geschrieben. Motte dagegen schien kein Problem mit Melissas Frage zu haben.

Den Blick fest auf ihren Glücksstein gerichtet, fing sie an zu erzählen. »Die Band ist ein Stück Zuhause für mich. Ich meine, wir proben zusammen. Erzählen uns, was los ist.« Sie nahm den Stein in die andere Hand. »Und es gibt auch Sachen, Gefühle und so, über die ich sonst nicht so gern rede – aber mit dem Klavier oder dem Keyboard geht das.«

»Für mich ist Singen wie Fliegen«, sagte Lou.

»Wenn ich an meinem Schlagzeug sitze und wir schneller werden, kann ich total abtauchen«, sagte Rosa.

Während erst Rosa und dann Lou darüber sprachen, wie wichtig die Popkörner für sie waren, klopfte Billies Herz immer schneller.

»Und du, Billie?« Die braunen Augen der Dozentin ruhten auf ihr.

Ich gehe gleich zu einer anderen Band, um dort mitzusingen, dachte Billie, brachte es aber nicht über die Lippen. »Ich? ... Mir geht es genau wie den anderen«, versicherte Billie etwas zu laut. Sie war heilfroh, dass Melissa nicht weiter nachbohrte und die Mädchen stattdessen bat, ein, zwei ihrer Songs anzuspielen, damit sie einen Eindruck davon bekommen konnte, wo sie musikalisch gerade standen. Sie spielten *Von einem andern Stern, Vergiss nicht* und den Beatles-Song *Help,* den sie in den vergangenen Wochen geübt hatten.

»Guud! Für eine so junge Band«, Melissa nickte anerkennend, »... richtig guud.« Sie blieb neben Lou und Billie stehen. »Ihr habt für die academy sicher eine neue Song mitgebracht, an die ihr arbeiten wollt?«

»Ja, Billie schreibt gerade an einem«, sagte Lou und sah sie an.

Darauf war Billie nicht eingestellt gewesen. »Schon, aber der ist ja noch nicht fertig.«

»Kein Problem. Dafür bin ich doch da.« Melissa griff ihre Geige und trat neben Billies Mikro. »Du singst und ich begleite dich.«

Lou, Motte und Rosa sahen Billie erwartungsvoll an.

Billie brachte kein Wort heraus. Seit sie bei der Popakademie angekommen waren, hatte sie an dem Song überhaupt nicht mehr weitergearbeitet, weil sie mit ihren Gedanken immerzu bei den Fjordies gewesen war.

Melissa nahm die Geige wieder runter. »Bist du noch nicht so weit mit deine Song?«, fragte sie verständnisvoll.

»Noch nicht ganz.«

»Kein Problem, dann spiele ich euch jetzt ein typisch irisches Stück vor und vielleicht können wir später ein paar elements of Irish folk mit euren Songs verbinden.«

Billie war erleichtert, dass sie nicht mehr im Mittelpunkt der Aufmerksamkeit stand. Irgendwie musste sie es schaffen, diese Veranstaltung so unauffällig wie möglich zu verlassen. Im Geiste ging sie gerade verschiedene

Möglichkeiten durch, was sie den anderen sagen könnte, da hob Melissa ihre Geige wieder ans Kinn und begann zu spielen. Es war ein schnelles, mitreißendes Stück. Melissa ließ den Bogen über die Saiten tanzen und trat mit ihrem Fuß den Takt dazu.

Auch Billie, Rosa, Lou und Motte ging die Musik in die Beine und sie konnten gar nicht anders, als sofort mitzuwippen.

»Das ist ein Reel. Dazu tanzen wir in Irland.« Ohne mit dem Spielen aufzuhören, machte Melissa eine einladende Bewegung mit ihrer Geige. »Come on, girls. Tanzt!«

Lou war natürlich als Erste auf den Füßen, hakte Motte unter und wirbelte mit ihr auf der freien Fläche hinter den Notenständern herum. »Rosa, Billie! Das ist super!«

Billie schaute heimlich auf ihre Uhr. In fünf Minuten begann die Probe der Fjordies! Sie musste los. Rosa hatte sich eben auf Lous freier Seite eingehakt, als Billie ihre Tasche nahm und zur Tür ging. Melissa ließ irritiert die Geige sinken.

»Billie, unser Workshop ist noch nicht vorbei!«, sagte Lou und streckte die Hand nach ihr aus.

»Ich muss kurz weg«, erwiderte Billie und verließ, ohne sich noch einmal umzusehen, den Raum.

31. Song

Sterne zum Greifen nah

Die großen Scheinwerfer tauchten die Bühne in helles Licht. Die Fjordies standen bereits oben hinter den Mikrofonen und stimmten ihre Instrumente. Billie machte die Tür hinter sich geräuschlos zu und ging den Gang an den Sitzreihen entlang auf die Bühne zu. Dies war der Tag, dem sie so lange entgegengefiebert hatte. Heute konnte sie Felix endlich beweisen, dass sie das Zeug hatte, bei den Fjordies mitzusingen!

Billie wollte die schwarze Treppe hochgehen, die rechts auf die Bühne führte, als sie aus dem Augenwinkel Herrn Stark entdeckte. Er saß zusammen mit den Mädchen der spanischen Band in der Mitte der dritten Reihe. Noch schien er sie aber nicht bemerkt zu haben.

Felix trat mit seiner Gitarre ans Mikro. Um den Hals hatte er immer noch seinen dicken Schal gewickelt und in der Hand eine Wasserflasche. »Wir sind so weit«, sagte er an Herrn Stark gewandt und trank noch einen großen Schluck. »Vielleicht geht es ja doch.«

Hinten am Schlagzeug zählte der Drummer ein und wie auf ein unsichtbares Kommando begannen die Fjordies

zu spielen. Felix hielt das Mikro mit beiden Händen. »I have climbed highest mountains. I have run through the fields. Only to be with you. Only ...« Er hielt das Mikro weg und hustete in seinen Ellenbogen. »Only to be with you«, sang Billie still für sich mit. Ein paar Takte spielten die anderen noch weiter. Doch als Felix nicht aufhören konnte zu husten und wieder nach der Wasserflasche griff, brachen sie ab.

Den Fjordies stand der Frust ins Gesicht geschrieben. Felix schüttelte den Kopf. »Verdammt! Ausgerechnet jetzt muss ich diesen Scheißhusten bekommen!«

Der Akademieleiter stand auf. »So könnt ihr morgen natürlich nicht beim Abschlusskonzert mitmachen. Tut mir leid.«

»Wir haben überlegt, ob wir uns einen Sänger oder eine Sängerin ausleihen könnten ...«, fing der Bassist neben Felix gerade an, als Billie nach vorn vor die Bühne ins Licht trat. »*Ich* kann doch für Felix einspringen, Herr Stark! Wenn die Fjordies eine Sängerin haben, können sie auch auftreten!«

Die Fjordies, die spanischen Mädchen und der Akademieleiter blickten sie verdutzt an. »Du schon wieder! Du läufst mir ja wohl ständig vor die Füße. Du bist doch eins dieser Popkörner!«

»Richtig, aber wir dürfen ja nicht auftreten und deshalb ...«

»... dachtest du, du probierst es mal bei den Fjordies?«, beendete Herr Stark mit zusammengekniffenen Augen ihren Satz.

Billie ließ sich von seiner kritischen Haltung nicht beirren. »Sie könnten mir wenigstens eine Chance geben.«

»Billie, es ist echt süß von dir, dass du helfen willst, aber du hast unsere Sachen doch gar nicht drauf«, meldete Felix sich heiser zu Wort.

Süß? Sie wollte nicht süß sein! »Klar hab ich die Songs drauf!«, widersprach Billie energisch.

In der Sitzreihe beugte sich Angeles zu Herrn Stark und sagte etwas, das Billie nicht hören konnte. An dem schmalen Lächeln, das um seine Lippen spielte, erkannte sie, dass es für sie nichts Gutes bedeuten würde. »Offenbar gibt es für die Fjordies sogar zwei potentielle Ersatzsängerinnen. Angeles und Billie.«

In diesem Moment entdeckte Billie Lou, Motte und Rosa, die keine zwei Meter von ihr entfernt an der ersten Sitzreihe stehen geblieben waren. Was wollten die denn jetzt hier?

»Hey Felix!«, begrüßte Lou ihren Gitarrenlehrer. »Guten Tag, Herr Stark.« Sie blickte zu Billie. »Wir haben dich überall in der Akademie gesucht.«

»Wir haben gute Neuigkeiten«, verkündete Rosa und zwinkerte Billie zu.

»Was machst du eigentlich hier?«, fragte Motte, der man immer am wenigsten etwas vormachen konnte.

Billie atmete tief ein und konzentrierte sich: Sie war hier, weil sie mit dem tollsten und aufregendsten Jungen gemeinsam auf der Bühne stehen und singen wollte. Nichts anderes war wichtig. Nichts anderes zählte. »Die

Fjordies brauchen eine Ersatzsängerin«, erklärte sie ihrer Band mit fester Stimme. »Und ich ...«

Der Akademieleiter fiel ihr einfach ins Wort. »Ihr habt beide einen Versuch«, wandte er sich an Billie und Angeles. »You have both one try. Felix decides.«

Es ist keine große Sache! Es ist wirklich überhaupt keine große Sache, sagte Billie zu sich selbst, als sie an Felix vorbei auf die Bühne ging. Während er sich auf einen Platz zwischen Herrn Stark, Lou, Motte und Rosa setzte, zog Billie das Mikro aus dem Ständer. Sie versuchte, nicht zu den anderen Popkörnern zu sehen, sondern nach innen, dort, wo sie das Traumbild von sich und Felix aufbewahrte: Sie sang gar nicht allein. Sie sang nicht vor dem Akademieleiter. Sie sang schon jetzt mit Felix zusammen. Die Musik hüllte sie ein. »I have run. I have crawled. I have scaled these city walls. Only to be with you ...« Billie tanzte nicht. Billie machte keine Show, sondern stand auf ihrer inneren Bühne und hoffte bei jedem Wort, das sie sang, dass Felix sie dort finden würde.

»Danke, Billie«, ertönte die Stimme des Akademieleiters, kaum dass der letzte Takt verklungen war. Leicht benommen verließ Billie die Bühne runter. Warum hatte denn niemand geklatscht? Nun stand Angeles auf der Bühne. Sie warf Felix ein total übertriebenes Lachen zu und nahm den Mikrofonständer mit beiden Händen hoch. »We do *Sunday, bloody Sunday*«, rief sie den Fjordies zu und zählte ein. »Un, dos, tres ...«

Georg hatte seinen Bass gegen eine E-Gitarre getauscht und Billie hatte den Eindruck, dass die Jungs viel mehr

Gas gaben als bei ihr. Am liebsten hätte sie sich die Ohren zugehalten. Und dann Angeles' Stimme – schneidend, schief und künstlich! Sie sang einfach völlig übertrieben. Rannte von einer Bühnenseite zur anderen, machte komische Tanzschritte und war einfach nur obermegapeinlich. Das musste doch ein Blinder sehen, dass sie wirklich nada zu den Fjordies passte. »The real battle just begun. To claim the victory. Jesus won. On ... Sunday, bloody Sunday. Sunday, bloody Sunday«, quiekte sie die letzten Worte ins Mikro.

»Wooooh!«, klatschte Felix begeistert. »Great, Angeles! Absolutely fantastic!«

Billie beugte sich vor. Warum klatschte Felix jetzt? Er hatte doch bei ihr auch nicht geklatscht.

Sie merkte, wie sie aufstand und Felix anstarrte.

Herr Stark legte den Kopf zur Seite. »Felix, wer wird morgen für dich auf dem Konzert singen?«

Jetzt endlich wandte Felix den Kopf zu ihr. »Billie, es war echt nett, dass du angeboten hast zu helfen, aber ...«, er blickte wieder mit diesem leuchtenden Blick zu Angeles, »... wir finden es natürlich super, wenn so eine fantastische Sängerin wie Angeles bei uns mitmacht.«

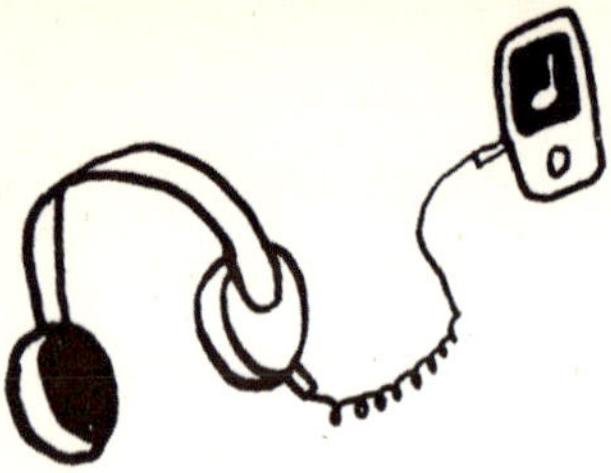

32. Song

Schwarze Löcher sind tiefer, als du denkst

Billie hörte das Flüstern hinter ihrem Rücken, spürte die Blicke, die ihr folgten, als sie mit hochgerecktem Kinn aus dem Saal stolzierte. Niemand würde sie hier heulen sehen! Niemand!!! Mit einem Satz hatte Felix das Kartenhaus ihrer Träume zum Einstürzen gebracht. Wie konnte er sich nur für Angeles entscheiden? Billie flüchtete durch die Tür und schluchzte auf. Nur weil sie drei Jahre älter war? Oder eine niedliche Nase hatte, wie Motte meinte? Mit gesenktem Kopf durchquerte sie die große Eingangshalle und rannte die Treppe hoch. Felix wollte sie nicht bei den Fjordies dabeihaben. Er fand Angeles viel toller als sie. Billie biss sich auf die Lippen. Sie würde ihm nie wieder in die Augen sehen können.

Sie hastete den Gang entlang, in dem das Zimmer der Popkörner lag, öffnete die Tür und warf sich auf ihr Bett. Warum hatte er nicht sie gewählt? Warum? Es tat so weh. Sie umklammerte das Kissen und dann gab es nichts mehr, das sie vor der tiefen Dunkelheit bewahren konnte, die sie immer stärker und stärker in sich hineinzog.

Als sie erwachte, wusste Billie nicht, wie lange sie auf ihrem Bett gelegen und geweint hatte. In ihrem Traum war sie wieder in dem Saal gewesen und Felix hatte sie weggeschickt. Billie fühlte sich nur noch leer. Sie tastete nach ihrem MP3-Player, den sie in den Nachttisch neben ihrem Bett gelegt hatte, drehte sich wieder zur Wand und stöpselte die Kopfhörer ein. *Dümmdedümmdedümmdedümm*, spielte der Bass, gleich gefolgt von der E-Gitarre. Billie stöhnte auf. Sie hatte nicht daran gedacht, dass sie *But I still haven't found, what I'm looking for* als ersten Song auf ihrer Playlist gespeichert hatte. Das Lied, das sie für Felix gelernt hatte. Sie ließ es laufen. Irgendwie hatte Billie mit einem Mal das Gefühl, das Lied noch ganz anders zu verstehen.

Hinter den Fenstern wurde es langsam dunkel, als Billie hörte, wie die Tür aufging und Lou, Motte und Rosa hereinkamen. Unwillkürlich kroch Billie noch tiefer in ihre Decke und stellte den Ton so leise, dass sie das Gespräch der anderen verfolgen konnte.

»Pscht, sie schläft«, sagte Lou.

»Ist mir so was von egal!«, ranzte Motte.

Das konnte Billie sogar ausnahmsweise mal verstehen.

»Ich muss aber Licht anmachen«, sagte Rosa. »Sonst finde ich mein Handy nicht.«

»Nimm dein Leselicht«, flüsterte Lou, die offenbar etwas auf den Boden stellte. Vermutlich ihre Gitarre. »Sollen wir ihr nicht doch einen Zettel schreiben, wo wir nach dem Küchendienst sind?«

»Spinnst du!«, widersprach Motte. »Sie hat doch gezeigt, bei welcher Band sie mitmachen will! Nicht bei unserer!«

»Ich weiß nicht. Sie wollte doch bloß für Felix einspringen.«

»Trotzdem hätte sie es uns vorher sagen müssen!«, meinte Rosa. »Erst die Sache mit dem gefälschten Alter und jetzt diese Geschichte. Sie hält sich einfach nicht an unsere Bandregeln!«

Lou schwieg.

Billie hätte sich gewünscht, dass Lou noch mehr zu ihrer Verteidigung vorbrachte, aber sie wusste selbst, dass es da nicht viel mehr zu sagen gab.

Die Tür wurde wieder aufgemacht. »Kommt, wir müssen in die Küche«, sagte Motte und dann verließen die drei das Zimmer.

Billie blieb noch eine Weile liegen, bis sie ganz sicher war, dass die anderen nicht zurückkamen. Dann machte sie ihr Leselicht an und setzte sich auf. In der Ecke neben dem Schrank lehnte Lous Gitarre. Auf dem Kissen von Motte lag das Buch, das sie gerade las, und in Rosas Tasche steckte ihr Sternchenhandy. Billie musste schlucken. »Sie hält sich nicht an die Bandregeln«, hatte Rosa gesagt. Billie wusste, dass die anderen recht hatten. Trotzdem mochte sie jetzt nicht darüber nachdenken, was es für sie bedeutete. Billie wollte gerade ihr Handy aus dem Rucksack nehmen, um nachzusehen, ob sie vielleicht eine Nachricht von Hanni hatte, als sie draußen das Surren einer Chipkarte hörte und die Tür aufging.

Der Hirte kam herein. »Na?«

»Hallo, Papa.«

Er kam zu ihr rüber und setzte sich neben sie aufs Bett. »Du bist heute nicht beim Küchendienst dabei?«

»Nein.« Billie senkte den Kopf. An seinem Gesichtsausdruck konnte sie ablesen, dass er Bescheid wusste. »Ich ...« Sie versuchte, das Zittern in ihrer Stimme zu verbannen, aber es gelang ihr nicht.

»Komm mal her«, sagte er und breitete seine Arme aus. Mit einem Seufzer ließ Billie sich gegen seine Brust fallen und den Tränen freien Lauf.

»Ich heul wie ein Baby«, schniefte sie an seiner Schulter.

»Hm, früher, als du ein Baby warst, hast du mir manchmal auch noch Milch auf das T-Shirt gespuckt.«

»Iiiieeeh!«

Der Hirte strich ihr übers Haar. »Das ist doch schon mal ein Fortschritt, meine kleine Große.«

»Papa?« Billie blinzelte zu Lous Gitarre rüber.

»Hm?«

»Ich weiß nicht, was ich tun soll.«

Ihr Vater rückte ein Stück von ihr ab und sah sie an. »Manchmal kann man nichts tun. Manchmal braucht man eine Verschnaufpause, bis man sich wieder in die Schlacht stürzen kann.«

»Ich stürze mich in gar nichts mehr«, murmelte Billie. »Ich bleib einfach im Zimmer und warte, bis wir wieder nach Hause fahren.«

Der Hirte holte ein Taschentuch aus seiner Hosentasche

und gab es Billie. »Wenn du einverstanden bist, würde ich dich gerne auf einen Spaziergang mitnehmen.«

»Wohin?«

»Bevor ich Lou unten in der Halle traf, wollte ich gerade eine kleine Runde mit der Sammelbüchse drehen.« Er stand auf. »Das würde dich zumindest auf andere Gedanken bringen.« Er streckte die Hand nach ihr aus und sie ergriff sie und ließ sich von ihm hochziehen.

Der Hirte gab einfach nicht auf. Zu ihrer eigenen Überraschung stellte Billie fest, dass sie den Gedanken daran, gemeinsam mit ihrem Vater Spenden zu sammeln, gar nicht mehr so peinlich fand. Nein, dachte sie, als sie zum Bad rüberging, peinlich waren ganz andere Dinge.

★

33. Song

Wie ein Schlag in den Magen

Am Abend kam Billie mit dem Hirten aus der Innenstadt zurück. War es wirklich erst drei Stunden her, dass ihr Vater sie für seine Sammelaktion mitgenommen hatte? Im Nachhinein kam ihr die Fahrt mit der U-Bahn ins Stadtzentrum beinahe unwirklich vor. Ohne links und rechts zu schauen, hatte sie die leere Sammelbüchse umklammert und versucht, alle Gedanken an die schrecklichen Ereignisse dieses Nachmittags aus ihrem Kopf zu verbannen. Dann hatten sie den Stachus, den großen Platz im Zentrum Münchens, erreicht und Billie hatte direkt neben dem Brunnen Position bezogen. Als die erste Passantin ihr mit einem herzlichen »Grüß Gott« ein Geldstück in die Büchse geworfen hatte, war sie zusammengezuckt und hatte vergessen, sich zu bedanken. Ihr Vater, der nur ein paar Meter weiter stand, lächelte ihr ermutigend zu und nach einer Stunde hatte Billie sich so weit berappelt, dass sie die Geldstücke in ihrer Büchse leise klimpern ließ.

Jetzt lag die Büchse schwer in ihrer Hand und Billie schätzte, dass sie fast halb voll war. Vor ihr blieb der

Hirte plötzlich stehen und schob sie ein Stück zur Seite. »Öhm, was hältst du davon, wenn wir doch noch einmal hier im Viertel eine Runde mit unseren Büchsen machen?«

Was war denn jetzt los? Vor zwei Minuten hatte er ihr noch gesagt, dass sie für heute mehr als genug gesammelt hatten, und jetzt wollte er noch mal los?

»Meinst du, es reicht noch nicht?«

»Prinzipiell schon«, sagte ihr Vater, fasste sie am Arm und drehte sie vom Eingang weg. »Sieh mal, dahinten, Billie ...«

Papa! Was hast du denn?, wollte Billie gerade fragen, als sie hinter ihm ein Pärchen Arm in Arm aus dem Haupteingang der Akademie treten sah. Es waren Felix und Angeles. Für einen Moment blieb Billie die Luft weg, als hätte ihr jemand in den Magen geboxt. Dann fühlte sie den Arm ihres Vaters um sich und sie ließ sich von ihm in die Eingangshalle zu der Sitzgruppe schieben, an dem Lous und Mottes Großmutter saß. Billie sank auf dem Sessel ihr gegenüber zusammen.

Felix und das spanische Mädchen gingen miteinander.

»Möchtest du etwas trinken?«, fragte der Hirte sie.

Billie zuckte nur mit den Schultern. Sie sind ein Paar, ging es ihr durch den Kopf. Ein Liebespaar. Dabei kannte Felix die andere doch erst seit ein paar Tagen! Wie konnte er so schnell mit ihr zusammenkommen? Ob Lou, Rosa und Motte es auch schon gesehen hatten?

»Billie«, drang Frau Jacobis Stimme zu ihr durch. »Billie!«

»Ja?« Billie blickte auf und sah in zwei sehr kluge, mitfühlende Augen. Erst jetzt bemerkte sie, dass Frau Jacobi ihr Portemonnaie in der Hand hielt und einen Fünfeuroschein herauszog. »Ich möchte eure Sammlung auch gern unterstützen.«

Billie hielt ihr die Sammeldose hin. »Oh, vielen Dank«, sagte sie matt.

»Vielleicht könnt ihr morgen ja gemeinsam sammeln gehen«, schlug Frau Jacobi vor.

Billie senkte den Blick. »Ich glaube nicht, dass die anderen das wollen.«

»Wieso nicht? Das Projekt deines Vaters ist doch eine sehr gute Sache!«

»Eine richtig gute Sache!«, stimmte Billie ihr zu. »Das mein ich auch nicht. Ich glaube nur, dass die anderen keine Lust mehr haben, etwas mit mir zu machen.«

Das war die Wahrheit. Billie schluckte. Sie wusste genau, dass sie in den letzten Tagen so ziemlich alles falsch gemacht hatte. Die ganze Zeit hatte sie nur Felix und die Popakademie im Kopf gehabt und darüber die Popkörner total vergessen. Der Gedanke an Lou, Motte und Rosa machte sie richtig traurig. Sie hatte es vermasselt!

»Willst du nicht versuchen, es ihnen zu erklären?«, fragte Frau Jacobi, als hätte sie ihre Gedanken gelesen. »Manchmal, wenn es um die Liebe geht, tun wir dumme Sachen.«

Das konnte Billie nur bestätigen. »Glauben Sie denn, das bringt was? Motte und Rosa haben gesagt, dass sie nie wieder etwas mit mir zu tun haben wollen …«, sie holte tief Luft. »Und sogar Lou ist sauer.«

Frau Jacobi machte ein betroffenes Gesicht. »Sogar Lou? Mon dieu, dann muss es aber eine sehr ernste Sache sein, um die es bei eurem Streit geht.«

»Es ist zu spät«, sagte Billie.

Doch da war Frau Jacobi ganz anderer Meinung. »Wenn dir die Popkörner etwas bedeuten, musst du um sie kämpfen!«

»Wie denn?!«

»Die altmodische Lösung wäre eine Entschuldigung«, sagte Frau Jacobi sanft und sah zu Billies Vater, der mit einem Tablett zurückkam.

»Und Sie glauben wirklich, das macht Sinn?«

»Ja, das glaube ich.«

Billie fühlte, wie neue Zuversicht sie erfüllte. Langsam stand sie auf. »Dann will ich keine Zeit verlieren!«

»Billie, wo willst du hin?«, fragte ihr Vater, der das Tablett auf dem Tisch abstellte.

»Ich muss mit den Popkörnern reden!« Sie sah zu Frau Jacobi. »Sind sie oben in unserem Zimmer oder ...«

Frau Jacobi sah auf ihre silberne Armbanduhr. »Sie müssten noch bei ihrem Rhythmus-Workshop sein. Der Raum liegt im Westflügel im zweiten Stock.«

Billie war, als hätte sich in ihr eine Schleuse geöffnet, und durch die offenen Tore sprudelte eine Erinnerung nach der anderen: der Tag, an dem das Hippiemädchen in die Elbe gesprungen war, um ihr Traumtagebuch zu retten. Das erste Konzert, das sie auf dem Schulfest gemeinsam mit den Popkörnern gegeben hatte. Wie sie den Namen für ihre Band gefunden hatten. Ihr erster Ausflug zu *Crazy about music,* dem größten Musikgeschäft, das man sich vorstellen konnte. Ihre Bandproben in der Garage. Die Überraschung, als Rosa tatsächlich mit knallblau gefärbten Haaren aufgetaucht war. Ihr Song *Vergiss nicht,* von dem Billie nicht genug bekommen konnte. Die herrlich schaurige Nacht, als sie gemeinsam in der Jurte übernachtet hatten. Nein, Billie wollte die Popkörner nicht verlieren. Entschlossen rannte sie die letzten Stufen zum zweiten Stock hoch, als sie eine unangenehme Stimme anhalten ließ.

»No, Mr Panigati! I don't understand, what you are doing here?«

Das war doch Herr Stark, dachte Billie und versteckte sich hinter der großen Säule, die oben am Treppenabsatz stand. Vorsichtig spähte sie hinter der Säule hervor. In dem quadratischen Vorraum, von dem die verschiedenen Probenräume abgingen, standen Lou, Motte, Rosa, der italienische Schlagzeuger, den Billie einmal in der Küche gesehen hatte, und der Akademieleiter Herr Stark.

»They came to the academy to learn something, don't they?«, stellte der italienische Dozent die Gegenfrage. »What's the problem?«

»The problem is that I have excluded them!«, fuhr der Leiter nun vollends aus der Haut. »They have neither the permission to follow the workshops nor to perform at tomorrow evening's concert!« Mit vor Wut dunklen Augen starrte er die Mädchen an. »Und das ist mein letztes Wort!«

Mr Panigati machte noch eine entschuldigende Geste

zu Lou, Rosa und Motte. »Scusi«, dann folgte er dem Leiter.

Als Billie aus ihrem Versteck auf die Popkörner zutrat, hatten diese sich gerade auf die zwei Sofas fallen lassen, die neben dem großen Flügel standen. Die Enttäuschung und Wut über die heftige Reaktion des Akademieleiters stand ihnen ins Gesicht geschrieben.

»Ich frage mich, was er gegen uns hat«, sagte Billie und setzte sich neben Lou auf die freie Sofalehne.

»Billie!«, entfuhr es Lou, als hätte sie einen Geist gesehen. »Was, was machst du denn hier?«

Rosa machte ein abweisendes Gesicht und Motte stand auf. »Ich geh aufs Zimmer! Kommt ihr mit?«, fragte sie demonstrativ nur Lou und Rosa.

»Warte doch, Motte!«, sagte Billie schnell. »Bitte, ich möchte euch etwas sagen.«

Motte sah betont zur Seite, aber sie ging nicht weiter.

Billie fuhr sich nervös durch die Locken. »Ich, ich weiß, dass ich mich in den letzten Tagen ziemlich blöd verhalten habe …«

»Ach ja«, fiel ihr Rosa ins Wort. »Weißt du das wirklich?«

Billie blinzelte Hilfe suchend zu Lou, aber das Hippiemädchen hatte die Beine angezogen und musterte sie mit einem Blick, den Billie noch nie zuvor an ihr gesehen hatte. »Ja, ich weiß, dass ich einen Riesenfehler gemacht habe, und es tut mir leid!«

Noch immer sagte keine etwas. Billie fühlte Hoffnungslosigkeit in sich aufsteigen. Sie war zu weit gegangen und die anderen wollten sie nicht wieder in der Band haben. Trotzdem wollte sie ihnen wenigstens noch erklären, warum sie es getan hatte. »Ich glaube, ihr denkt, ich habe mich so scheiße verhalten, weil mir unsere Band nichts bedeutet. Weil ich sie nur benutzen wollte, um etwas für mich zu erreichen.«

Rosa nickte grimmig. »Du bringst es auf den Punkt.«

»Aber was hier in den letzten Tagen passiert ist, hat damit gar nichts zu tun«, beteuerte Billie und stand von der Lehne auf. »Ich verstehe, dass ihr mich jetzt nicht mehr dabeihaben wollt.« Ihre Stimme wurde noch leiser. »Ich habe einfach nicht nachgedacht, weil ich mir gewünscht habe, dass ... Felix, dass er mich toll findet.«

Das war's. Kein Popkorn schaute sie direkt an. Mit gesenktem Kopf ging Billie zur Treppe. An der Säule blieb sie noch einmal stehen und drehte sich um. »Ich wünsch euch in jedem Fall ganz viel Glück!«

»Ich nehme deine Entschuldigung an«, sagte da Motte hinter ihr.

Billie wirbelte herum. »Wirklich?«

Und da kamen ihr Motte, Rosa und Lou entgegen und die vier Popkörner fielen sich halb lachend, halb weinend in die Arme.

34. Song

In dem eine gelbe Mütze eine Rolle spielt

Die Butter kommt ganz nach rechts zum Aufschnitt«, erklärte Motte Billie.

Es war der letzte Morgen der Popakademie, aber für Billie war es der erste Morgen, an dem sie half, das Frühstücksbuffet aufzudecken. Während Motte weiter Brötchen auf die vier großen geflochtenen Körbe verteilte, trug sie die Butter an das andere Ende des Buffets. Alles war ganz anders gelaufen, als sie es sich vorgestellt hatte. Sie war nicht entdeckt worden. Sie hatte an keinem der Workshops teilgenommen, die sie sich ausgesucht hatte, und was noch viel schlimmer war, Felix hatte ihr Angebot, für die Fjordies zu singen, abgelehnt und war jetzt mit der Spanierin zusammen. Unruhig ließ sie den Blick über die Teilnehmer huschen, die in den Speisesaal eintrudelten. Bis jetzt waren allerdings weder die Fjordies noch die Spanierinnen aufgetaucht.

»Billie! Kannst du uns mal die Tür aufhalten«, kam da von der Seite Lous Stimme.

Billie flitzte um das Buffet zur Schwingtür, die vom Küchentrakt in den Speiseraum führte, und hielt Lou und Rosa die Tür auf. Die zwei schoben die voll beladenen Geschirrwagen herein. Es war schon erstaunlich, welche Mengen an Tellern, Tassen und Besteck für jede Mahlzeit gebraucht wurde! Als Billie sich zum Buffet umdrehte, sah sie die beiden sofort. Sie standen bei der Marmelade und Angeles hatte sich gegen Felix' Schulter gelehnt. Billie sah schnell weg. Sie wollte eben kehrtmachen und durch die Schwingtür fliehen, als plötzlich Lou, Motte und Rosa bei ihr standen.

»Sieh mal«, raunte Motte. »Sie hat sich angesteckt.«

Gerade nieste Angeles heftig in ein Taschentuch.

»Und Felix sieht auch noch total fertig aus«, stellte Lou mitfühlend fest.

»Dann können sie heute beim Konzert ja zusammen ins Mikro schniefen«, sagte Rosa.

»Oder husten«, sagte Billie und brachte sogar ein kleines Lächeln zustande. Es tat einfach nur gut, wie die anderen ihr beistanden und versuchten, sie aufzuheitern. Sie hob das Kinn und warf ihre Locken nach hinten. »Und jetzt lasst uns weitermachen. Wir wollen uns doch nicht zu dem Songwriting-Workshop verspäten.«

Melissa, die irische Dozentin, holte sie direkt an der Küche ab. Nach dem Auftritt des Akademieleiters am Vorabend hatte Rosa sich nicht getraut, noch einmal im Büro auf dem Plan nach einem freien Raum suchen. »This morning wir nehmen das Bibliothek«, erzählte Melissa und nippte an dem großen Latte macchiato, den ihr Motte zubereitet hatte. »Für die Songwriting-Werkstatt brauchen wir keine Mikro oder Piano.«

Billie beschleunigte ihren Schritt, um neben Melissa zu gehen. »Darf ich dich etwas fragen?«

Die Dozentin lächelte sie herzlich an. »Ich finde es toll, dass du jetzt one hundred percent dabei bist!«

»Danke«, lächelte Billie etwas verlegen. »Hast du keine Angst, dass du Probleme mit Herrn Stark bekommst, wenn du uns noch einen Workshop gibst?«

»Das habe ich mich auch schon gefragt«, sagte Motte zustimmend.

»Warum hilfst du uns?« Billie zeigte auf den Latte. »Doch nicht nur deshalb?«

Melissa lachte. »Vor Paul habe ich keine Angst. Ihr kennt doch die Sprichwort: Hunde, die bellen, beißen nicht?«

»Da wär ich mir bei ihm nicht so sicher«, seufzte Lou.

»Was soll er machen? Die nächste Akademie findet in Dublin statt und da werde ich so oder so als Dozentin dabei sein.« Sie hielt den Mädchen die Tür zum nächsten Flur auf. »Und ich helfe euch natürlich, weil ihr eine super Band seid. Nur weil ihr noch nicht vierzehn seid, kann man euch doch nicht ausschließen!«

Motte, Lou und Rosa strahlten. Billie machte einen kleinen Hüpfer. Melissa hielt die Popkörner also für eine super Band! »Danke schön!«

Die Dozentin blieb vor der Tür der Bibliothek stehen und lächelte sie an. »Wenn ihr so weitermacht, lade ich euch in zwei Jahren nach Irland ein.«

»Echt? Wow! Megacool!«, riefen die vier durcheinander.

»Schhhhh!«, ermahnte sie Melissa. »Unser Workshop soll doch geheim bleiben.«

So betraten sie leise die Bibliothek. Wie Melissa schon vermutet hatte, war kein einziger Besucher in den Räumen. »Die sind alle bei ihren Workshops«, sagte Lou.

»Oder proben für das Konzert heute Abend«, nickte Rosa.

Melissa gab ihnen ein Zeichen, ihr in den hinteren Teil der Bibliothek zu folgen. Direkt vor dem Fenster, eingerahmt von deckenhohen Regalen, standen zwei hellblaue Sofas. »Ich dachte, wir machen es uns hier gemütlich.«

Es wurden zwei so spannende Stunden, dass Billie sogar ihren Liebeskummer für eine Zeit vergessen konnte. Melissa machte allen Popkörnern Mut, sich an eigenen Songtexten zu versuchen. Jede von ihnen, so die Dozentin, hätte ihre ganz eigene Fantasie, Themen und Fragen, die nur sie beschäftigten, und die schönsten Lieder entstünden meistens dann, wenn all diese verschiedenen Gefühle in einem Song verschmolzen. Billie brauchte nicht lange darüber nachzudenken, welches Thema sie am meisten beschäftigte. Sie brauchte ihre Augen nur für eine Sekunde zu schließen und sah schon Felix' Gesicht vor sich. Ob es ihr gefiel oder nicht, für ihn war sie lediglich ein Mädchen, das mit seinem kleinen Bruder in dieselbe Klasse ging. Er sah einfach nicht, wer sie in Wirklichkeit war. Und genau darüber wollte sie einen Song schreiben. Sie war noch mitten dabei, ihre Gedanken auf dem Mindmap-Bogen zu sammeln, den Melissa ihnen gegeben hatte, als ein Handy dreimal piepte.

»'tschuldigung«, sagte Motte auf dem anderen Sofa und fischte ihr Handy hastig aus ihrem Rucksack. Mit aufgerissenen Augen las sie die Nachricht. »Ich glaub's nicht!« Sie gab das Handy an Lou weiter. »Schau mal!«

»Hey, muss das jetzt sein«, sagte Rosa mit hochgezogenen Augenbrauen. »Wir haben doch striktes Handyverbot bei Proben und so.«

»Seid doch mal still! Ich hab gerade eine phänomenale Songidee!«, sagte Billie.

»Exactly«, nickte Melissa. »In zehn Minuten ist unser Workshop vorbei, dann könnt ihr wieder in eure Cyberwolke eintauchen.«

Doch Lou sprang von ihrem Sofa auf und kam zu Billie und Rosa.

»Tut mir leid, Melissa. Diese Nachricht *muss* ich Billie und Rosa zeigen.«

Billie musste den Text zweimal lesen, bevor sie den Inhalt kapierte. »Nasser Pudel kommt her? Heute?«

»Ja, Josch hatte mir gestern gesimst, dass er und seine Eltern Felix hier abholen, um dann für eine Woche in die Berge zu fahren«, erzählte Motte aufgeregt.

»Und Brille und David dürfen mit«, fügte Lou hinzu.

Melissa schaute zwischen den Mädchen hin und her. »Nasser Poodel? Wer ist das?«

»Die Jungsband aus unserer Klasse!«, antwortete Billie matt.

Nun hielt Rosa nichts mehr auf dem Sofa. »David kommt! David kommt her! Oh mein Gott! Und ich habe kein Geschenk!«

Billie berührte sie am Arm. »Rosa beruhig dich! Ihr zwei seid zusammen. Das ist doch das Wichtigste. Geschenke sind Nebensache.«

Rosa wollte schon etwas erwidern, als sie sich darauf besann, dass Billie nicht in einer so glücklichen Lage war. »Du hast recht«, gab sie zu. »Aber wenn er jetzt kommt, würde ich ihm so gerne irgendetwas Kleines schenken.«

»Back ihm doch einen Kuchen«, schlug Motte vor. »Herr Schubert hat bestimmt nichts dagegen.«

Rosas Augen leuchteten auf. »Das ist eine großartige Idee!«

»Ja, total einmalig«, sagte Motte leicht ironisch.

»Gut, ich sehe ein, dass wir mit dem Workshop nicht mehr weitermachen können«, meldete sich Melissa lachend zu Wort. »Der Besuch von Nasser Poodel scheint ja wahnsinnig wichtig zu sein.«

»Ja!«, hauchte Rosa glücklich.

»Dann hören wir jetzt auf, damit ihr noch Zeit habt, zu backen und einen Geburtstagssong zu üben!«

Lou, Motte, Rosa und Billie packten ihre Hefte und Stifte zurück in die Taschen.

»Vielleicht können wir das Ständchen für David ja in der Eingangshalle aufführen«, überlegte Billie, während sie die Bibliothek verließen.

»Du meinst, wenn wir schon nicht beim Abschlusskonzert dabei sind?«, fragte Motte.

Billie machte ein saures Gesicht. »Dagegen kann doch selbst Herr Stark nichts haben.«

Rosa trippelte aufgeregt vor ihnen her. »Ein Geburtstagslied kann er doch nicht verbieten!«

»Erst recht nicht, wenn er gar nicht weiß, wer den Song spielt«, sagte Lou mit einem übermütigen Funkeln in den Augen.

»Wie soll das denn funktionieren?«, fragte Billie. »Er weiß doch, wer wir sind!«

»Warte es nur ab«, sagte Lou mit geheimnisvollem Blick.

35. Song

Wiedersehen mit Nasser Pudel

»Der ist ja wunderwunderschön!«, staunte Billie, als Rosa mit dem Backblech von der Arbeitsfläche zu ihnen herüberkam. Der Kuchen war mit Schokolade glasiert und auf dem dunklen Untergrund hatte Rosa mit farbigem Zuckerguss ein geniales Skateboard gemalt, unter dem *Skate wie der Wind* geschrieben stand.

»Wenn du mal nicht mehr Schlagzeug spielen willst, solltest du es als Konditorin versuchen«, meinte Motte beeindruckt.

Rosas Wangen glühten vor Stolz. »Meint ihr denn, dass David sich wirklich über den Kuchen freut?«

Alle drei Popkörner nickten energisch.

»Ganz sicher!«, sagte Lou. »Er wird sich super, super, super freuen!«

Billie warf einen Blick auf die Uhr. »Ich glaub, es wird Zeit. Das Konzert beginnt in einer Stunde.«

Hinter ihnen kamen Tom und der Küchenchef zu ihnen. »Moooment!«, sagte Herr Schubert. Billie sah, dass er vier riesige Tafeln Schokolade in der Hand hielt. »Ich möchte mich für eure Hilfe bedanken! Im Grunde war es ja gar nicht so viel«, sagte er mit einem Augenzwinkern und reichte Motte, Lou und Rosa je eine Tafel Schokolade. Bei Billie hielt er einen Moment inne. »Und ich finde es gut, dass du bis zum Schluss durchgehalten hast.«

Ein Lob aus dem Mund des Küchenmonsters! Billie nahm die Schokolade. »Danke!«

»Bevor ihr abfahrt, könnt ihr euch bei mir euer Küchenhelferdiplom abholen«, frotzelte Tom und schüttelte ihnen die Hand.

»Klar, das hängen wir uns in den Probenraum«, erwiderte Billie, während sie Rosas Schokolade nahm. »Zur Erinnerung an unvergessliche Backbleche.«

»Oder zur Erinnerung daran, dass es immer mehr als ein Rezept gibt, um einen guten Kuchen zu backen«, sagte Herr Schubert und entließ sie mit diesen Worten aus der Küche.

Ihr eigener Kuchen, ging es Billie auf dem Weg zur Eingangshalle durch den Kopf, ihr ›Popakademiekuchen‹ war ganz anders geraten, als sie geplant hatte: Was für ein Glück sie hatte, dass Lou, Motte und Rosa zu den Zutaten gehörten. Denn das hatte Billie nun begriffen: Ganz gleich, was man backen wollte, mit einer einzigen Zutat kam man nicht weit.

Als Motte sie durch die hintere Tür zur großen Eingangshalle durchwinkte, tauchte Billie aus ihren Gedanken auf.

»Dann singen wir einfach Happy Birthday«, entschied Rosa gerade.

»Seht mal, Brille, Josch und David sitzen an unserem Tisch!«, rief Lou und zeigte auf die Sitzgruppe nahe der Bar, wo sie sich in den letzten Tagen immer mit Grandmère und dem Hirten getroffen hatten.

Billie merkte, dass Motte ein Stück hinter ihnen zurückblieb und an einer Haarsträhne knabberte. Was war denn plötzlich mit der los? Josch!, schoss es Billie durch den Kopf. Klar, jetzt hatte Motte bestimmt Kaugummiknie! Billie fasste sie am Arm und zog sie mit. »Schön weiteratmen.«

Am Tisch standen Brille, David und Josch auf und kamen den Popkörnern langsam durch die Halle entgegen.

»Sag mal, wie viele SMS hat er dir geschickt?«, flüsterte Billie Motte zu.

»Acht oder neun, glaub ich«, hauchte Motte. »Aber, aber das muss ja nichts bedeuten.«

»Nein, bestimmt nicht«, grinste Billie. »Außer, dass er dich fantastisch findet und bestimmt nur deinetwegen mit nach München gekommen ist.«

Mottes Kopf fuhr zu Billie herum. »Meinst du?«

Aber noch bevor Billie antworten konnte, begannen Rosa und Lou zu singen: *»Happy birthday to you. Happy birthday to you! Happy birthday, lieber David. Happy birthday to youuuuuu!«*

Für einen Moment standen Rosa und David sich unbeholfen – das Backblech zwischen sich – gegenüber, bis Billie es ihnen abnahm und Rosa David ganz schnell umarmte. Irgendwie waren die zwei schon süß.

Eine halbe Stunde später, als der Hirte mit Frau Jacobi

in die Halle kam, um sie zu dem Konzert abzuholen, war das Kuchenblech bis auf ein paar winzige Krümel leer.

»Ich dachte, wir bekommen auch noch ein Stück Geburtstagskuchen!«

»Tut mir leid, Papa. Nasser Pudel war einfach zu gierig«, lachte Billie.

»Alles Lüge! Ihr seid doch hier die Krümelmonster, die nicht aufhören konnten«, sagte Brille und fegte ein paar imaginäre Krümel von Billies Bein.

»Da war doch noch gar nichts«, kicherte sie.

Frau Jacobi legte Lou und Motte eine Hand auf die Schulter. »Könnt ihr uns jetzt unsere Plätze zeigen?«

Motte warf Josch ein kleines Lächeln zu und stand auf. »Ja, Grandmère!«, flötete sie in völlig ungewohnter Motte-Tonlage.

Billie unterdrückte ein Grinsen. Vermutlich würden sie nur noch Liebeslieder schreiben, wenn sie nach Hause kamen.

»Ich schau noch mal, ob meine Eltern schon da sind«, sagte Josch.

Er, Brille und David standen auf.

»Wir halten euch Plätze frei«, sagte Rosa zu David.

»Lohnt es sich überhaupt hinzugehen, wenn ihr nicht auftretet?«, fragte David.

»Mein Bruderherz tritt ja immerhin auch auf«, erinnerte Josch ihn.

Brille warf Billie einen Blick zu und zupfte nervös an seiner gelben Mütze. »Wegen Superfelix sind wir aber nicht hier.«

Wie recht er doch hat, dachte Billie. »Bis gleich!«, rief sie den Jungs zu, bevor sie mit ihrem Vater den anderen folgte.

»Wo ist Lou?«, fragte Billie und blickte sich suchend um. Der Hirte und Frau Jacobi hatten sich auf ihre Plätze gesetzt. Neben ihnen hielt Billie Stühle für Josch, seine Eltern, David und Brille, für Lou und sich selbst frei, während Rosa und Motte die zwei äußersten Plätze der Reihe besetzten.

»Ich dachte, sie wollte von der anderen Seite in die Reihe«, sagte Rosa irritiert.

Billie ließ den Blick suchend durch den ganzen Saal wandern. Inzwischen waren fast alle Plätze besetzt. Die Scheinwerfer, die die Fernsehleute aufgebaut hatten, leuchteten die große Bühne vollständig aus. An der Technik gab der Akademieleiter letzte Anweisungen. »Da ist sie nicht.«

Irgendetwas stimmte nicht. Da war Billie sich sicher. Es sah dem Hippiemädchen überhaupt nicht ähnlich, in letzter Sekunde zu verschwinden.

»Da kommen Josch ... und seine Eltern.« Motte zeigte auf den Seiteneingang.

Rosa stand auf und winkte ihnen zu. »Hier!«

»Das soll ich euch von Lou geben«, sagte Josch und übergab Motte ein zusammengefaltetes Papier.

»Popkorn, rutsch mal ein Stück zur Seite«, sagte Brille und drängelte sich an Rosa vorbei.

Die Jungs hatten sich noch nicht hingesetzt und Billies

Vater begrüßte gerade Joschs Eltern, als Motte aufstand. »Wir müssen noch mal raus.«

»Aber das Konzert beginnt«, flüsterte Rosa.

»Los«, sagte Billie und schob Rosa von ihrem Stuhl. Sie brannte darauf zu erfahren, was Lou geschrieben hatte.

Während der Akademieleiter über die kleine Treppe auf die Bühne ging, verließen die Popkörner den Saal.

»Was soll denn das?«, fragte Rosa genervt. »Ich will mir mit David das Konzert anhören!«

Motte ignorierte sie. »Lou hat geschrieben, wir sollen in die Damentoilette kommen.«

»Zeig mal den Brief«, forderte Billie sie auf. Im Gehen überflog sie die kurze Notiz.

Treffen uns unten in der Damentoilette. Ihr müsst kommen!!! Lou

36. Song

Die Popkörner rocken die Bühne

Billie stürmte als Erste durch die Tür. »Louhu!«

Rosa und Motte folgten ihr. Vor dem Spiegel stand eine Frau mit Sonnenbrille, die sich gerade ihre ultrablonden Haare zurückstrich.

Billie rannte an ihr vorbei zu den Toilettentüren. »Lou, bist du hier?«

»Haben wir sie etwa verpasst?«, wunderte sich Motte.

Rosa sah auf ihre Uhr. »Aber Lou weiß doch, dass das Konzert jetzt losgeht!«

Billie blickte hektisch auf Lous Brief. »Oder ob sie eine andere Toilette meint?«

Klick, klick, klick. Von den Waschbecken kam die junge Frau zu ihnen rübergestöckelt, legte eine Hand lässig an die Hüfte und ihr roter Mund verzog sich zu einem breiten Grinsen. »Kann ich euch helfen?«

Billie schnappte nach Luft. »Das ist nicht wahr!«, rief sie, als die Frau ihre Sonnenbrille hochschob und sie Lous lachende Augen erkannte.

»Lou!!!«, kreischten die anderen auf.

»Ihr …«, prustete Lou los, »… ihr seid einfach an mir

vorbeigegangen!« Motte und Rosa schüttelten den Kopf. »Wahnsinn!«

»Schieb die Brille noch mal runter«, forderte Rosa sie auf und musterte Lou mit zusammengekniffenen Augen. »Wow, du bist echt nicht wiederzuerkennen!«

»Wunderbar!«, jubelte Lou.

»Ist das nicht eine von deinen Perücken?«, wandte Motte sich an Billie.

»Ja.«

»Und es ist eine für jede von uns da«, sagte Lou und griff nach dem Rucksack, der unter dem Waschbecken stand. »Wenn wir uns die Perücken und die Sonnenbrillen aufsetzen, können wir auftreten, ohne dass uns jemand erkennt!«

»Auftreten?«, fragte Rosa entgeistert. »Dürfen wir doch nicht.«

Motte nickte genervt. »Ne, Mr Stark hat keinen Zweifel daran gelassen, dass er *uns* nicht auf der Bühne sehen will.«

Lou drückte Motte eine knallpinke Perücke in die Hand. »Er wird ja auch nicht *uns* sehen, sondern eine total abgerockte Band!« Sie fischte das nächste Haarbüschel heraus – es war die Afroperücke – und warf sie Rosa zu. »Und wenn wir erst einmal angefangen haben zu spielen, kann er uns sowieso nicht mehr von der Bühne holen!«

Motte, Rosa und Billie wechselten stumm einen Blick. Dann betrachteten sie die hochhackigen Schuhe, die Lou vor ihnen aufgestellt hatte.

»Worauf wartet ihr?«, fragte Lou. »Wir sind doch nicht

nach München gekommen, um uns von diesem Konzert ausschließen zu lassen!«

Billie traute ihren Ohren nicht. Das Hippiemädchen rebellierte! Lou wollte unbedingt auftreten und sie hatte sogar einen Plan, wie sie den Akademieleiter austricksen konnten.

Billie schlüpfte aus ihren Turnschuhen und griff nach den gelben Pumps. »Ich bin dabei!«

Lous Plan war so einfach und genial, dass Billie sich wunderte, weshalb sie nicht selbst darauf gekommen war. Da ein Auftritt der Popkörner nicht vorgesehen war, hatte Lou sich überlegt, dass sie unmittelbar vor der Pause auf die Bühne stürmen und losspielen würden. Billie schaute bewundernd auf das Textblatt, das Lou ihnen gegeben hatte.

»Das hast du also ausgebrütet, als wir dachten, du packst brav deinen Koffer.«

»Es ist zwar kein neuer Song«, entschuldigte Lou sich. »Aber ich hoffe, es geht.«

»Hm, das hoffe ich auch«, kicherte Motte.

»Nicht so laut«, ermahnte Rosa sie. »Wenn der Stark uns hier entdeckt, war's das.«

Die vier hatten sich an der Seite der Bühne hinter einer großen Box versteckt.

Vorne am Mikrofon sagte der Akademieleiter den Auftritt der Fjordies an. »Aufgrund einer Grippeerkrankung werden die Fjordies heute von Angeles da Silva unterstützt!«

Billie stöhnte innerlich auf. Sie wollte nicht hören, wie Felix und Angeles im Duett sangen! *Dümmdedümmde-dümmdedümm,* setzte der Bass ein und dann fingen die zwei an zu singen. »I have run. I have crawled. I have scaled these city walls. Only to be with you ...« Felix Stimme klang dumpf und heiser. Die Grippe schien ihn immer noch fest im Griff zu haben. Billie hörte, wie die Spanierin sich bemühte, es mit ihrer Stimme auszugleichen – aber so richtig gelang das nicht. Billie blinzelte zu Rosa, Motte und Lou hinüber, die in ihrer neuen Aufmachung aussahen, als hätten sie sich eben aus einem Paralleluniversum direkt zur Popakademie gebeamt. Sie sahen so verdammt cool aus und in diesem Moment wusste Billie, dass sie mit Leib und Seele ein Popkorn war.

Und dann war es so weit. Nachdem der Applaus für die Fjordies verklungen war, kam Herr Stark wieder auf die Bühne. »Meine Damen und Herren, verehrtes Publikum, wir machen nun eine Pause von etwa zwanzig Minuten ...«

Weiter kam er nicht. Denn ehe er noch reagieren konnte, hatten die vier Mädchen bereits die Bühne gestürmt.

Fassungslos blickte Herr Stark sich um. »Ähm, also, ähhh ... Wie es aussieht, scheine ich eine Band vergessen zu haben ...«

Drei laute Schläge auf der großen Trommel ließen ihn verstummen und er räumte die Bühne.

»Servus München!«, begrüßte das Mädchen mit den

langen blonden Haaren das Publikum und spielte die ersten Gitarrenakkorde.

»Diesen Song spielen wir für David!«, rief die Schlagzeugerin mit dem Afrokopf in ihr Mikro.

Vorn im Publikum sprangen drei Jungs von ihren Sitzen und johlten. »Wooooooh, das sind ja die Popkörner!«

»Hey Nasser Pudel«, kreischte das Mädchen am Keyboard und fiel gemeinsam mit der Gitarre und dem Schlagzeug direkt in den Refrain ein:

»Und du lässt los
und fliegst dich frei.
Saust an Mond und Sonne vorbei.
Du lässt los, los, los.
Du lässt los, los, los!«

Im Publikum begannen die ersten mitzusingen.

»Du lässt los, los, loooos!«

Wie auf ein Kommando hielten Lou und Billie beide gleichzeitig ihre Mikros zum Publikum, das lauter und immer lauter mitsang.

»Und du lässt los, los, los!«

Der Gesang wogte zwischen der Bühne und dem Saal hin und her.

»Und du lässt los, los, los!«

Wie Rosa und Motte wartete Billie, bis Lou das verabredete Zeichen gab, und dann sang sie mit den anderen aus voller Kehle mit:

»Du lässt los und fliegst davon.

Bist von einem andern Stern!

Vergiss nicht. Du bist von einem andern Stern.

Wir sind von einem andern Stern!«

Die bunten Scheinwerfer tanzten über die Bühne.

Der Boden bebte unter ihren Füßen.

Billie spürte, wie die Musik sie von Kopf bis Fuß einhüllte, und für einen winzigen Moment hatte sie das Gefühl, vor Glück zu schweben

WOOOOOOOOH !

Höre die Songs der POPkörner auf
www.popkoerner.de

Mit Songs von:

Silbermond: »Irgendwas bleibt«, Sony Music Entertainment Germany GmbH 2009

U2: »I still haven't found what I'm looking for«, Universal-Island Records Ltd. 1998

Yasha & Miss Platnum Marteria: »Lila Wolken«, Four Music Productions 2012

Rihanna: »Diamonds«, The Island Def Jam Music Group 2012

Stefanie Taschinski

Die POPkörner

Ein Stern für Lou

Das Einzige, worauf Lou sich freut, wenn sie an Hamburg denkt, ist ihre Cousine Motte. Doch die reagiert anders als erwartet auf die Verwandtschaft aus Kanada. Und auch in der neuen Schule hat Lou es sich einfacher vorgestellt ... Doch so schnell gibt Lou nicht auf! Als im Musikunterricht ein ganz besonderes Projekt ansteht, hat sie eine so verrückte wie großartige Idee, für die ihr nur noch die passenden Mitstreiter fehlen.

Ein Feuerwerk für Motte

Die Ferien stehen vor der Tür und die vier POPkörner träumen von sechs Wochen Bandprobe, neuen Songs und gemeinsamen Auftritten. Da macht ihnen der Hausmeister der Schule einen gemeinen Strich durch die Rechnung. Unterdessen hat Motte noch ein ganz anderes Problem: Ihr Vater ist immer seltener zu Hause und die Mutter wirkt in letzter Zeit so verändert. Und auch die stille Rosa hat ein Geheimnis, von dem niemand weiß: Sie ist zum ersten Mal verliebt!